STS

STS

STS

「假名練習帖

名

練習帖

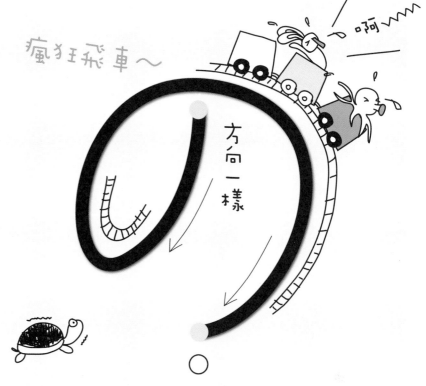

瘋狂飛車～

方向一樣

從中心線起筆跟收筆

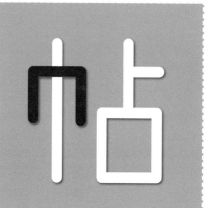

西村惠子＠著

帶你趣遊假名

山田社
Shan Tian She

前言

P r e f a c e

想要寫出一手好看的假名，就先來場「小動物狂想曲」吧！
手握鉛筆，讓章魚哥「踏口」與他的動物朋友們，
帶你趣遊假名的世界。

還保留著自己畫的第一張臉譜嗎？
還記不記得是怎麼畫出來的？

其實，畫臉譜只要一個簡單的順口溜，就可以畫啦！

爸爸帶我去爬山，
忽然下了雨來了；
媽媽給我10元，
爸爸給我10元，
我去買了一個大餅；
姊姊考我3+3等於多少，
我說6，
打勾。

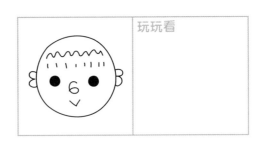

就這樣，讓故事帶動畫面，手握鉛筆跟著畫面走，就能畫出你要的臉譜啦！

　　寫字要漂亮、有自己的個性，首先就是模仿，模仿你喜歡的、自己看起來舒服的字形，接下來就是按照練習帖的提示多寫，訣竅在寫得正、大小剛好。最後根據自己喜好，加一些靈活度。
　　總而言之，練一手好字，不但要有一本好的練習帖，還要有正確的方法，才能達到目的。當然，有趣的引導，將讓你事半功倍喔！

寫假名也一樣喔！

別害怕簡單的假名寫不好，別擔心相似的假名老是搞不懂！

想要寫出漂亮的假名，就先來場「小動物狂想曲」。手握鉛筆，讓章魚哥「踏口」與他的動物朋友們，帶你趣遊假名的世界。先請你看一個內頁預覽。

第一站就前往尖叫得超爽快的遊樂園吧！

先跟著雲霄飛車急速往下衝，再向左邊來個急轉彎，馬上躍向另一個360度的走道，讓離心力，帶來天旋地轉般的刺激，最後一個瀟灑的完美ending，你是不是也寫完假名「の」啦！

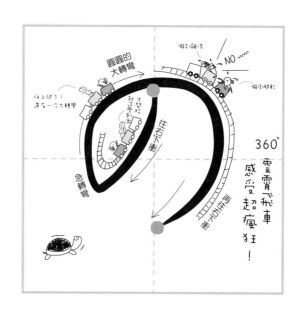

人手一本《假名的練習帖》，五個步驟讓你學會假名！

▲ 帶著「就是想要玩」的心情

心情太嚴肅，手心出汗，就不好玩啦！練字就要好玩，學習就有動力，只要堅持下去，就能寫出一手好字啦！這裡，章魚「踏口」告訴你，帶著「就是想要玩」的心情，最好是回到兒童時期，拿筆紙畫畫的愉快心情來寫假名，就是成功的開始。

▲ 章魚「踏口」帶你進入假名的世界，一邊冒險一邊欣賞、觀察假名。

想像！平假名的「弧形」筆畫，就像是旋轉溜滑梯，或是刺激的雲霄飛車，必須要圓滑柔順，如果莫明其妙來個直角，飛車一定馬上出軌，字形就不美啦！

想像！片假名線條「曲折」，就像看憲兵交接一樣，身體站的直挺挺，每個收尾鏗鏘有力，畫面振奮人心，但只要不小心一個彎腰駝背，美感就破功啦！

練字要用心，仔細觀察，把字形牢牢記住。字的每一筆形狀（例如有多長、傾斜度是多少），跟所在的位置都要記住（例如起筆在哪裡？筆畫跟筆畫的間距？收尾在哪裡？）。

▲ 章魚「踏口」千交代萬交代，筆順超重要

章魚「踏口」邊玩邊告訴你，字要寫得漂亮，筆順也很重要喔！每個字形都有一個合理的順序，筆順寫對了，就能寫出平衡對稱、漂亮的字來，速度也比較快啦！

練習帖內容

❶ 標準假名的樣子

❷ 透過小動物的探險認識假名

❹ 學會假名啦！

❸ 注意筆順分解步驟

▲ 像神偷一筆一畫模仿練習帖的字形！

有漂亮的字形，就要學神偷，一筆一畫模仿下來。請看一筆、寫一筆，筆筆形狀、位置都要寫得像，才有效喔！

▲ 不看範本寫寫看，哇！超像的！

多了幽默的冒險想像，假名的一筆一畫，早就深深印在你腦海裡啦！試著不看範本，練習寫寫看，最後再比對一下，看看自己寫的跟字帖上一不一樣。哇！超像的！

怎麼會有這麼貼心的假名練習帖！！

◎ 暖身一下！一起來做「假名手上體操」

　　第一次書寫前，先暖身一下！為了快速掌握關鍵的線條弧度，我們精挑出假名的筆畫中，最具特色的部分，針對這部分，先進行「假名手上體操」加強暖身練習後，你會發現「尬的！我好會寫」！

◎ 假名動畫光碟，玩玩「大家來找碴」

　　假名寫對了嗎？看動畫光碟一筆一畫教你寫，接著一起「大家來找碴」找出錯誤的地方，通通把它改過來！

◎ 看單字學假名，假名好難忘啊！

　　學會假名，馬上現學現賣！從生活常用單字中找到假名，加上精彩故事幫你加深印象，達到「單字」、「故事」的雙重刺激，「假名‧單字」包你記一輩子！

目錄

 Contents

平假名手上體操

「弧線」是平假名的特色，快拿起鉛筆，從 ➡ 的地方起筆，馬上練出平假名的手感！

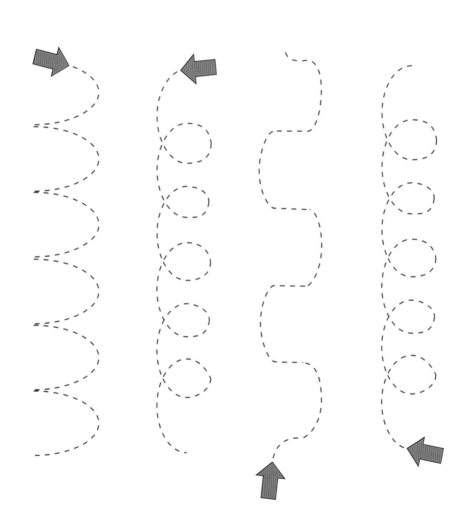

「曲折的線條」是片假名的特色，快拿起鉛筆，從 ➡ 的地方起筆，馬上練出片假名的手感！

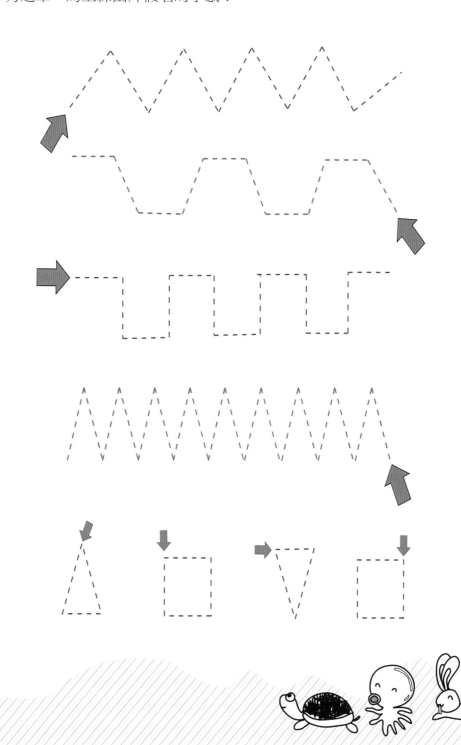

清音表

	あ段	い段	う段	え段	お段
あ行	あ ア **[a]**	い イ **[i]**	う ウ **[u]**	え エ **[e]**	お オ **[o]**
か行	か カ **[ka]**	き キ **[ki]**	く ク **[ku]**	け ケ **[ke]**	こ コ **[ko]**
さ行	さ サ **[sa]**	し シ **[shi]**	す ス **[su]**	せ セ **[se]**	そ ソ **[so]**
た行	た タ **[ta]**	ち チ **[chi]**	つ ツ **[tsu]**	て テ **[te]**	と ト **[to]**
な行	な ナ **[na]**	に ニ **[ni]**	ぬ ヌ **[nu]**	ね ネ **[ne]**	の ノ **[no]**
は行	は ハ **[ha]**	ひ ヒ **[hi]**	ふ フ **[fu]**	へ ヘ **[he]**	ほ ホ **[ho]**
ま行	ま マ **[ma]**	み ミ **[mi]**	む ム **[mu]**	め メ **[me]**	も モ **[mo]**
や行	や ヤ **[ya]**		ゆ ユ **[yu]**		よ ヨ **[yo]**
ら行	ら ラ **[ra]**	り リ **[ri]**	る ル **[ru]**	れ レ **[re]**	ろ ロ **[ro]**
わ行	わ ワ **[wa]**		を ヲ **[o]**		ん ン **[n]**

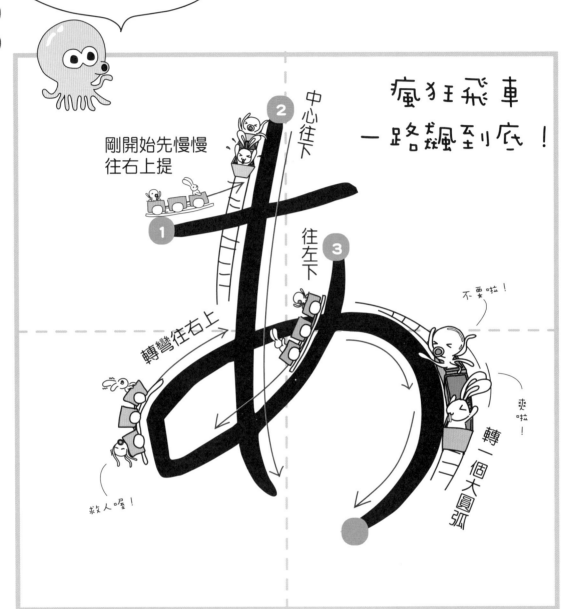

平假名 ひらがな

小動物歷險記

瘋狂飛車一路飆到底！

剛開始先慢慢往右上提

中心往下

往左下

轉彎往右上

轉一個大圓弧

不要啦！

爽啦！

救人喔！

相關單字

あに
哥哥

あした
明天

稍稍往右上 ① ② 兩線要平行，都往左下撇

空開 ⊘ 停在這裡

跟著筆順練習

往右上寫橫線

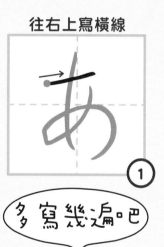

①

往下寫微彎弧線

②

往左下，轉兩折，再畫半圓

③

多寫幾遍吧

平假名 ひらがな

小動物歷險記

兔毛的體操特訓

① 往右下滑

② 往右下跳，結束

我跳！
小意心！

咻

尾端勾起一蹬

相關單字

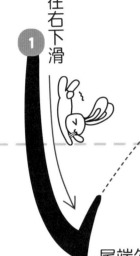

あおい

いし

藍色

石頭

14

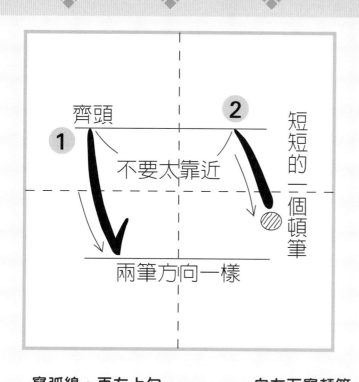

齊頭

1

2

不要太靠近

短短的一個頓筆

兩筆方向一樣

跟著筆順練習

寫弧線，再右上勾

向右下寫頓筆

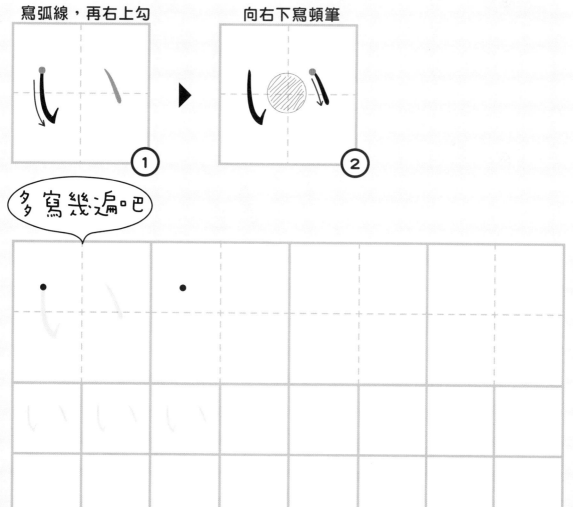

①

②

多寫幾遍吧

平假名 ひらがな

小動物歷險記

龜龜跳傘記

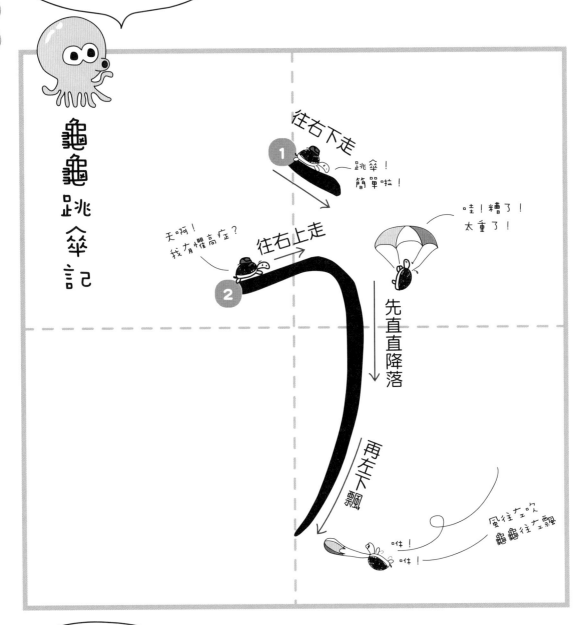

往右下走

① 跳傘！簡單啦！

哇！糟了！太重了！

天啊！我有懼高症？

往右上走 ②

先直直降落

再左下飄

咻！咻！

風往左吹 龜龜往左飄

相關單字

う え	う そ
上面	說謊

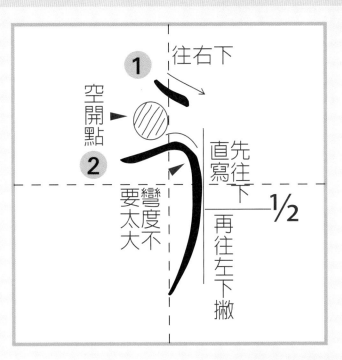

跟著筆順練習

往右下點

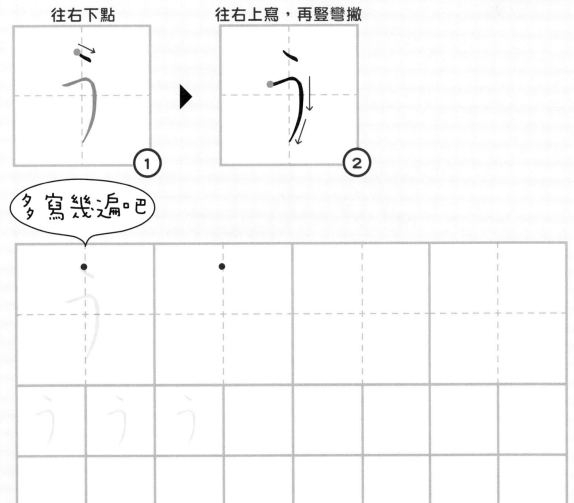

往右上寫，再豎彎撇

① ▶ ②

多寫幾遍吧

平假名 ひらがな

小動物歷險記

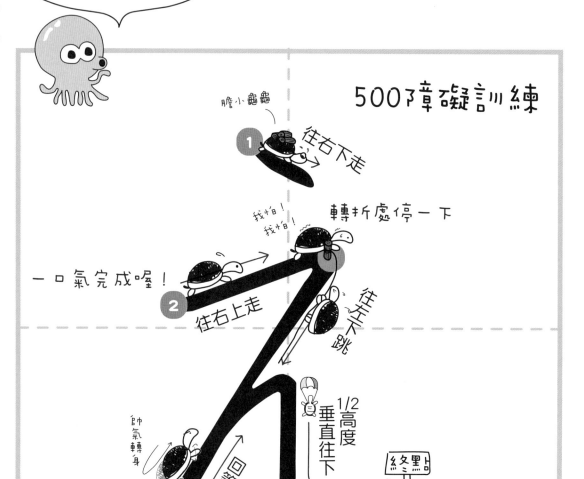

相關單字

え いが

え き

電影

車站

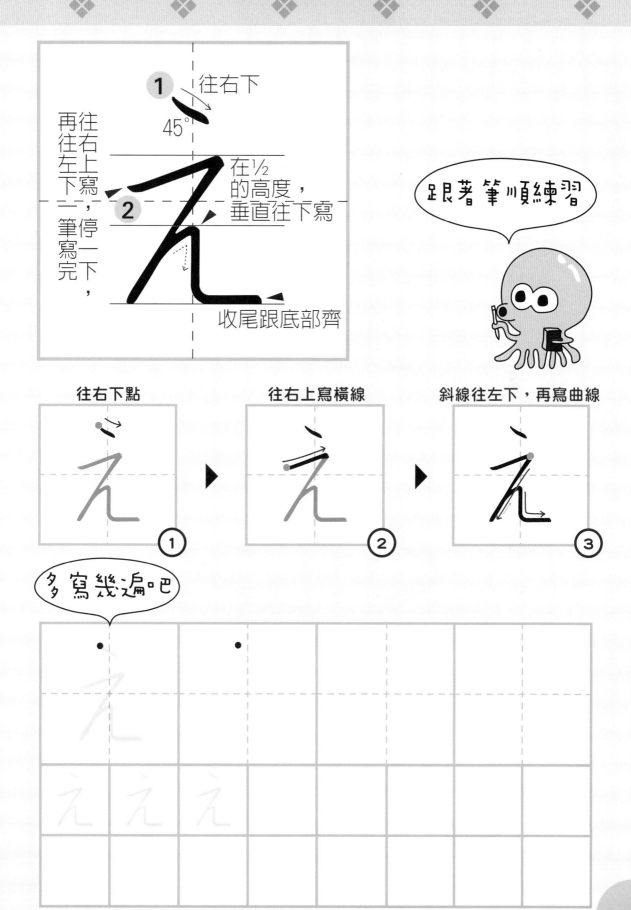

①
往右下
45°

在½
的高度，
垂直往下寫

再往右上寫
往左下一筆停寫完，

②

收尾跟底部齊

跟著筆順練習

往右下點

往右上寫橫線

斜線往左下，再寫曲線

①

②

③

多寫幾遍吧

平假名 ひらがな

小動物歷險記

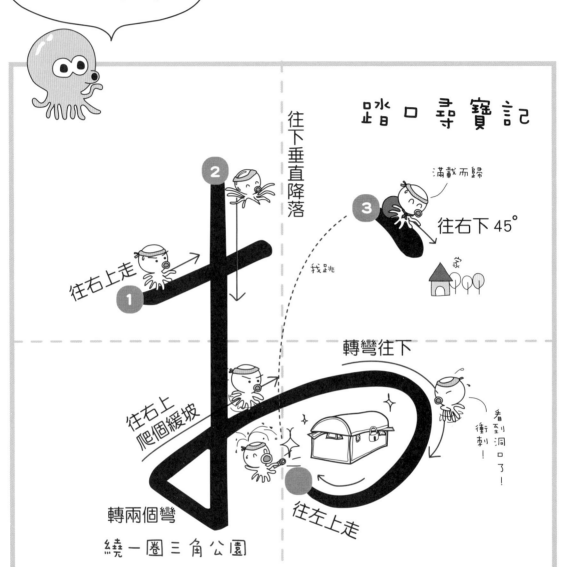

踏口尋寶記

往下垂直降落

往右上走

滿載而歸

往右下 45°

家

找跳

往右上
爬個緩坡

轉彎往下

看到洞口了！
衝刺！

轉兩個彎

繞一圈三角公園

往左上走

相關單字

おなか	かお
肚子	臉

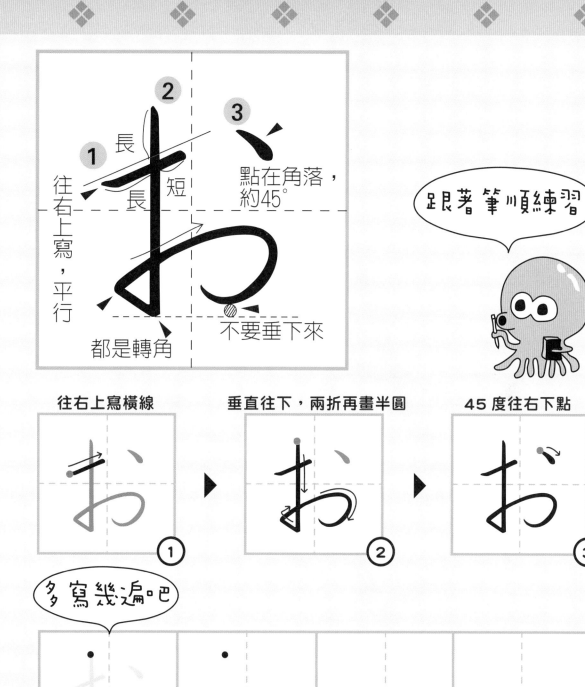

長

1 往右上寫，平行

長 短

都是轉角

2

3 點在角落，約45°

不要垂下來

跟著筆順練習

往右上寫橫線

垂直往下，兩折再畫半圓

45 度往右下點

お ① お ② お ③

多寫幾遍吧

お

お お お

平假名
ひらがな

小動物歷險記

動物們的小島遊記

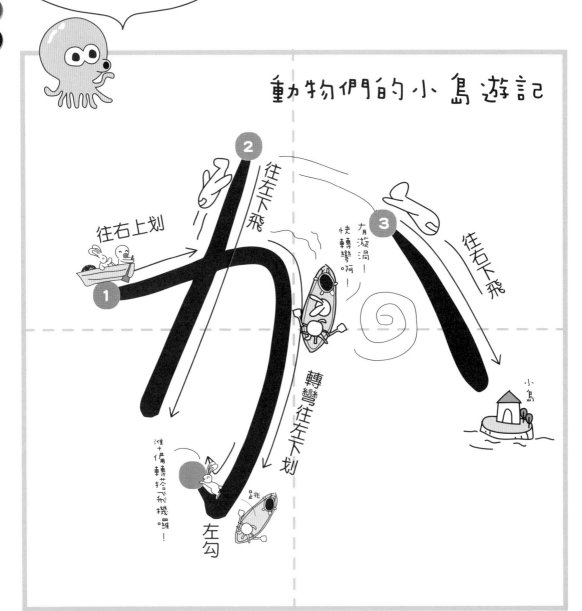

相關單字

からだ	かぜ
身體	風

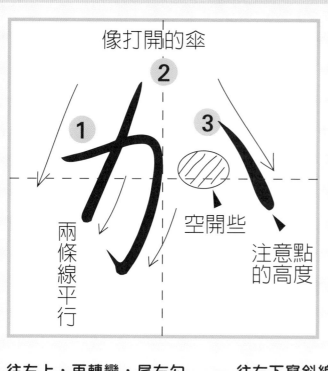

像打開的傘

空開些

注意點的高度

兩條線平行

跟著筆順練習

往右上，再轉彎，尾左勾

① 轉彎

往左下寫斜線

②

往右下點

③

多寫幾遍吧

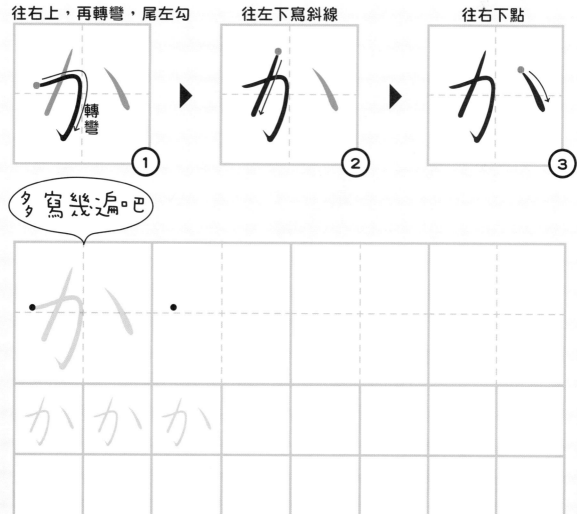

平假名 ひらがな

小動物歷險記

上山下海找水喝！

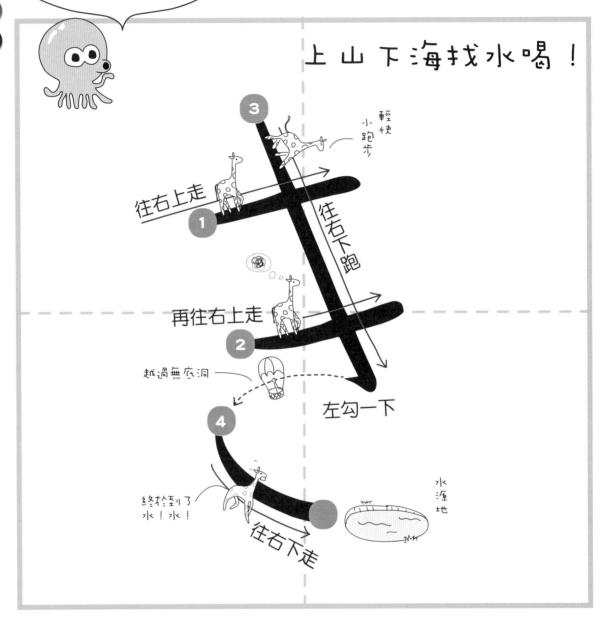

相關單字

あき	ゆき
秋天	雪

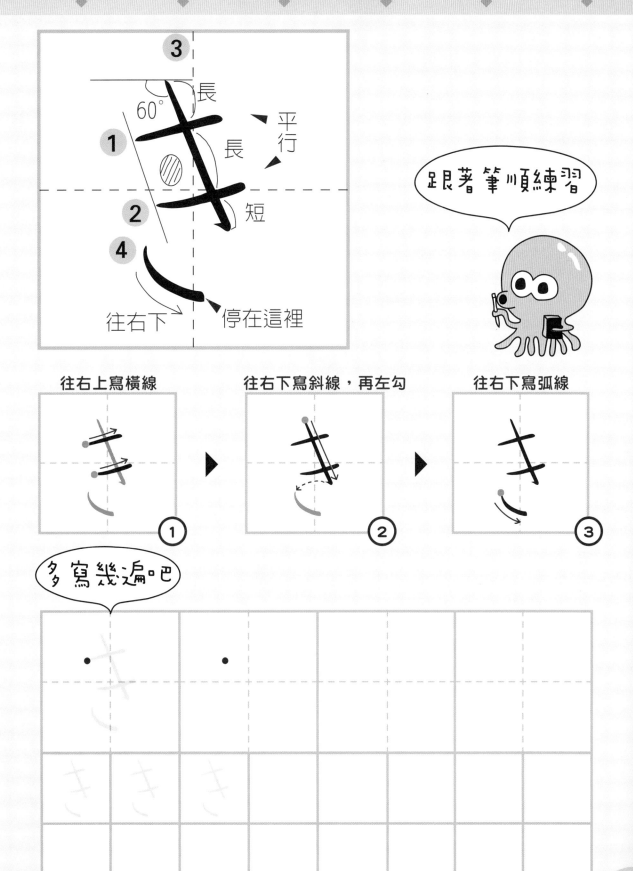

跟著筆順練習

往右上寫橫線

往右下寫斜線，再左勾

往右下寫弧線

① ▶ ② ▶ ③

多寫幾遍吧

平假名
ひらがな

小動物歷險記

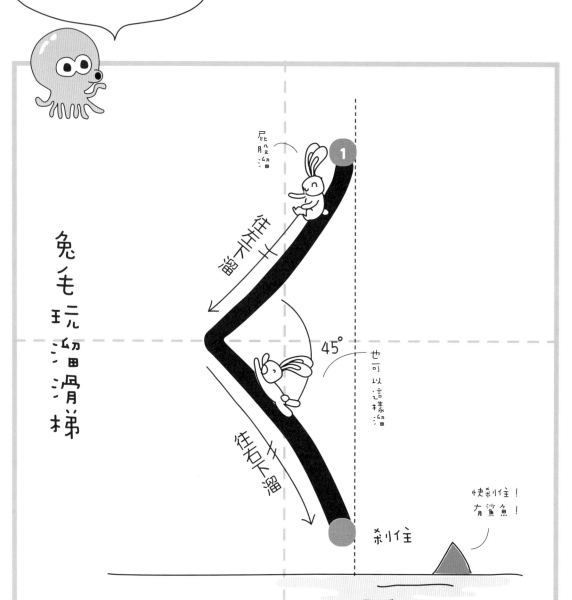

相關單字

くち
嘴巴

くも
雲

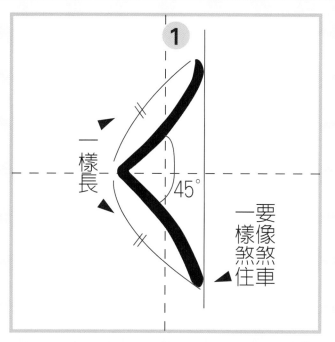

跟著筆順練習

往左下寫斜線

轉直角，往右下寫斜線

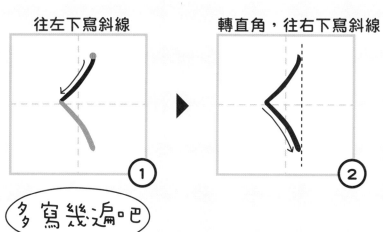

① ▶ ②

多寫幾遍吧

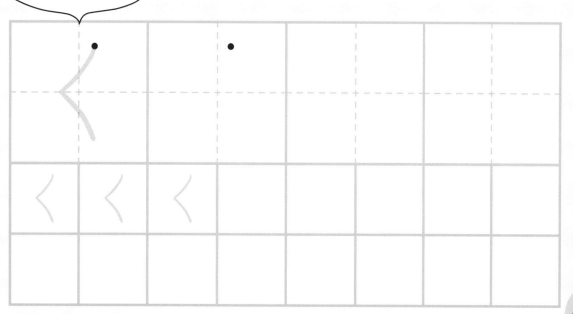

か行

小動物歷險記

兔毛的跳水特訓

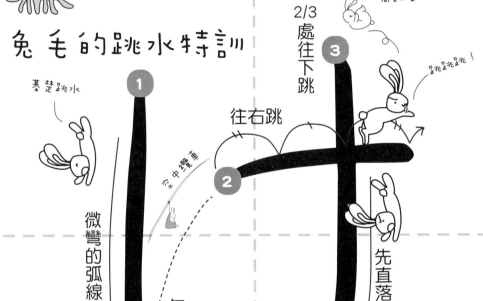

基礎跳水

微彎的弧線

勾起

往右跳

往上彎

往下彎

往中線靠近

2/3 處往下跳

高難度跳水動作

跳跳跳跳！

先直落，再往左偏

咚

相關單字

い け	け さ
池塘	早上

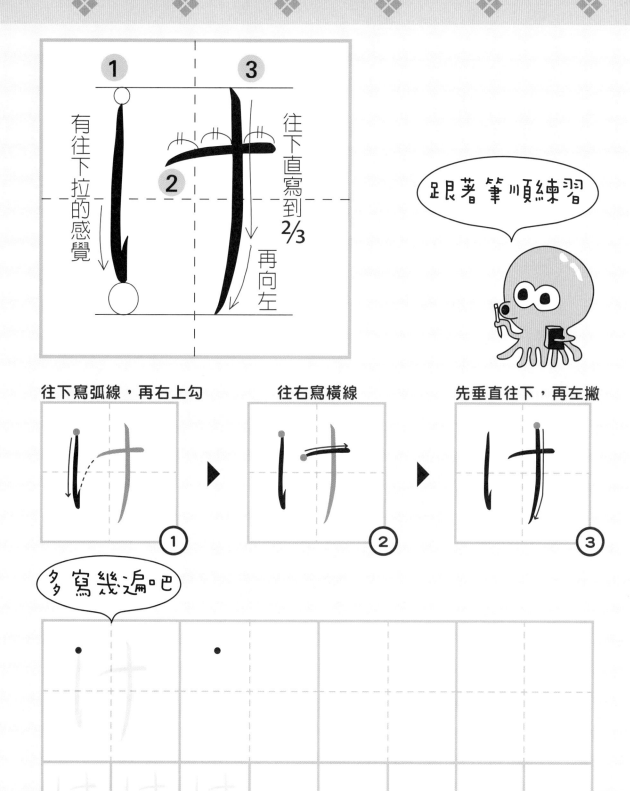

平假名 ひらがな

小動物歷險記

我的家在山的那一邊

下課囉！回家去

一個微彎的弧度往右走

左回勾

坐車

還要越過山谷

往右下走緩坡

家

相關單字

こ　え

聲音

こ　う　え　ん

公園

30

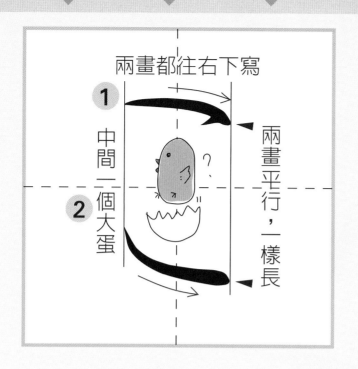

兩畫都往右下寫

① 中間一個大蛋 ②

兩畫平行，一樣長

跟著筆順練習

往右下寫弧線，再左勾 **往右下寫弧線**

① ②

多寫幾遍吧

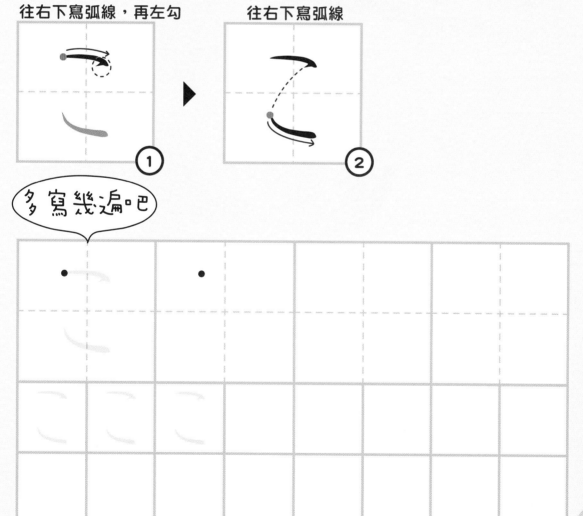

平假名 ひらがな

小動物歷險記

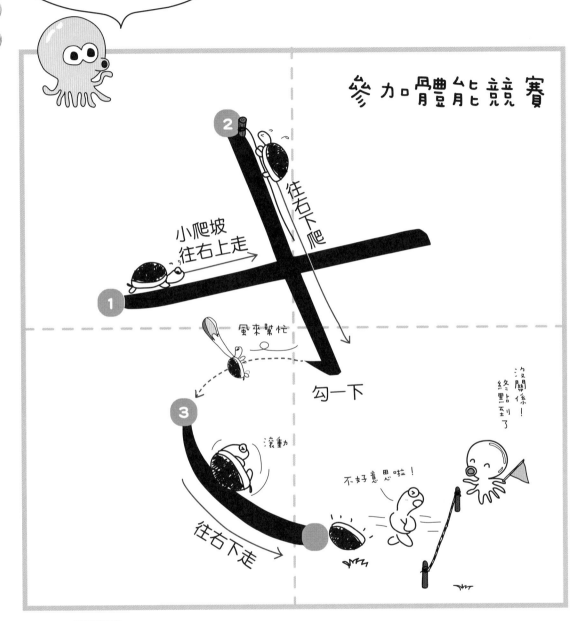

相關單字

さかな

魚

うさぎ

兔子

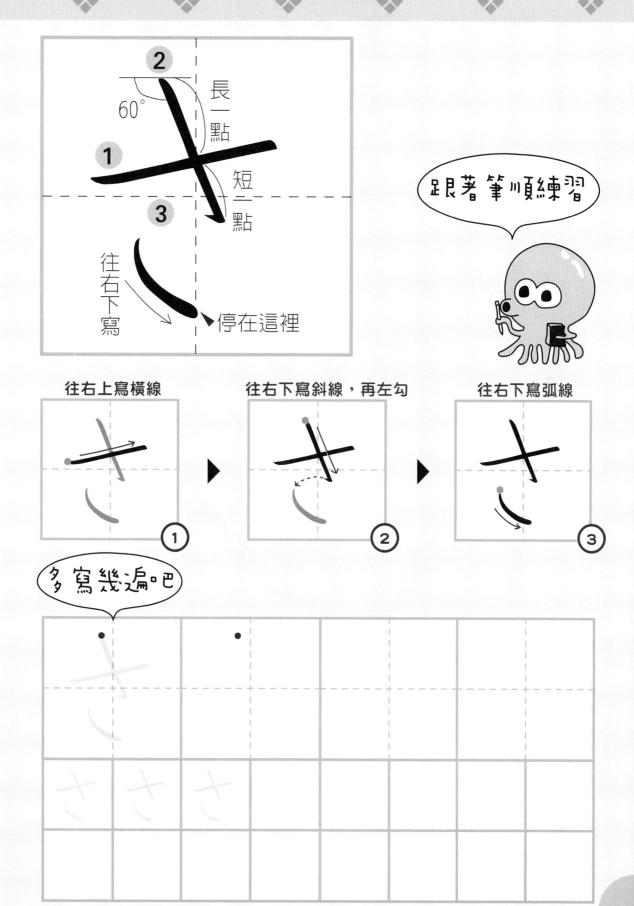

跟著筆順練習

2
60°
1
3

長一點
短一點

往右下寫
停在這裡

往右上寫橫線

往右下寫斜線，再左勾

往右下寫弧線

①

②

③

多寫幾遍吧

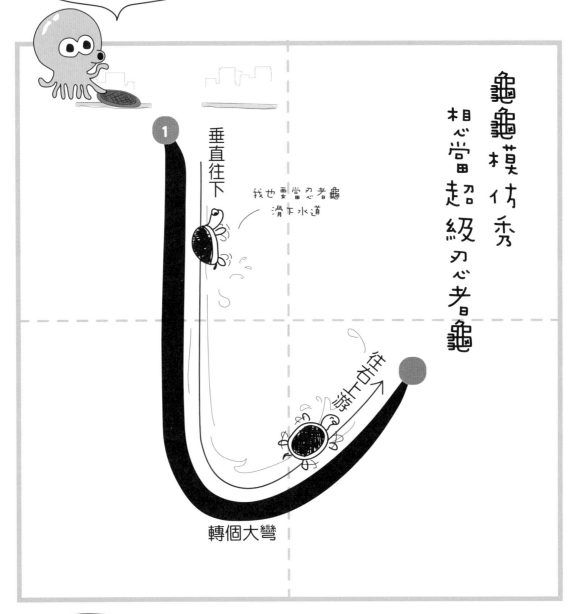

平假名 ひらがな

小動物歷險記

龜龜模仿秀

想當超級忍者龜

我也要當忍者龜
滑下水道

垂直往下

1

轉個大彎

相關單字

あし	ひがし
腳	東邊

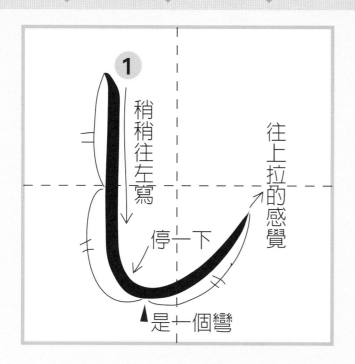

稍稍往左寫

往上拉的感覺

停一下

是一個彎

跟著筆順練習

垂直往下寫

往右上拉個大彎

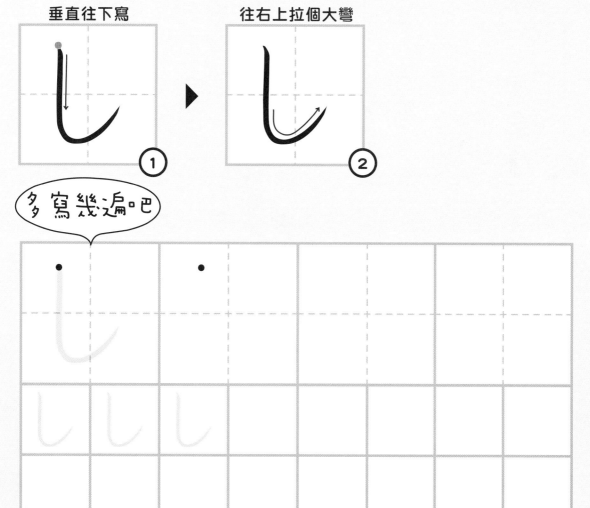

① ▶ ②

多寫幾遍吧

平假名 ひらがな

小動物歷險記

只許成功，不許失敗！

往右上走

2

1

垂直往下跳

轉兩個彎
再垂直往下

踏口
我來啦！

偏左

龜龜
我愛你

龜龜即刻救援

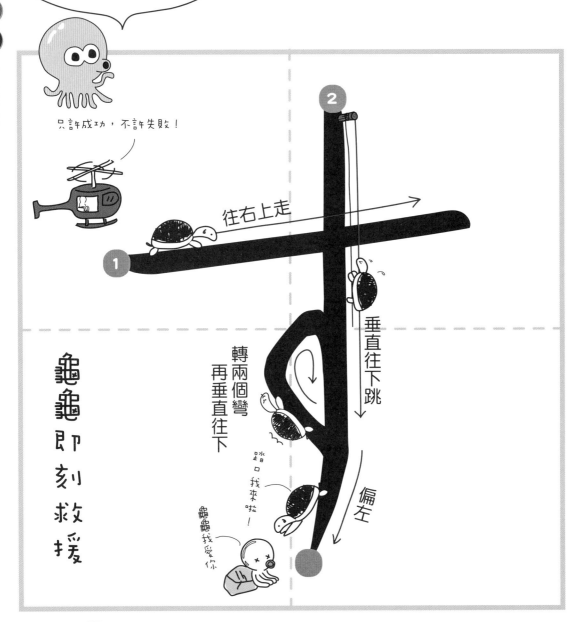

相關單字

すし

壽司

すずしい

涼爽

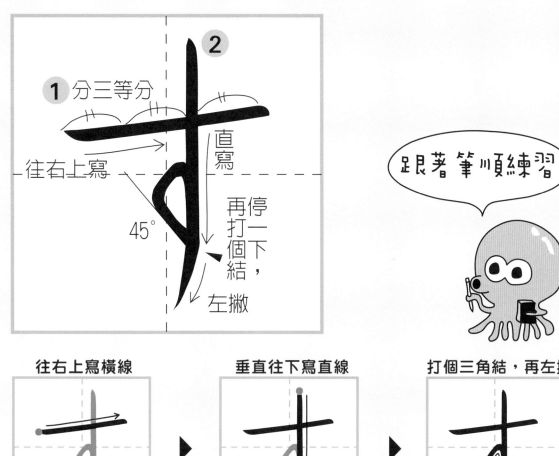

1 分三等分
2
往右上寫
45°
直寫
再停打個結，一下
左撇

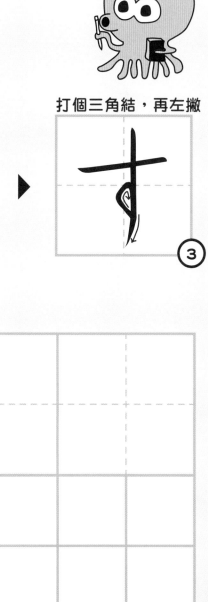

跟著筆順練習

往右上寫橫線

①

▶

垂直往下寫直線

②

▶

打個三角結，再左撇

③

多寫幾遍吧

· す	·		
す す す			

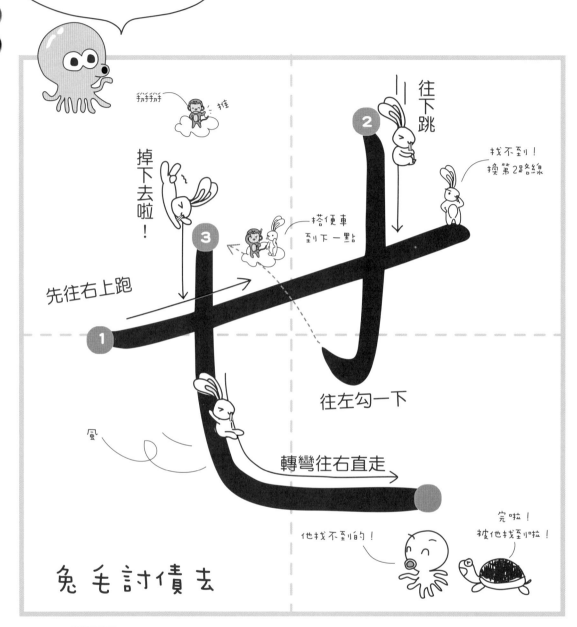

小動物歷險記

往下跳

找不到！
換第2路線

掉下去啦！

搭便車
到下一點

先往右上跑

往左勾一下

轉彎往右直走

風

他找不到的！

完啦！
被他找到啦！

兔毛討債去

相關單字

せ	せ い と
身高	（小學、中學、高中）學生

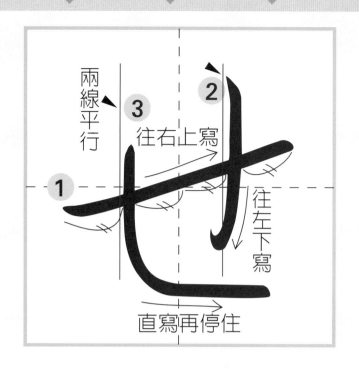

兩線平行

③ 往右上寫

② 往左下寫

① 直寫再停住

跟著筆順練習

往右上寫橫線

せ

①

往下寫弧線，再左勾

せ

②

往下寫直線，右彎再寫橫線

せ

③

多寫幾遍吧

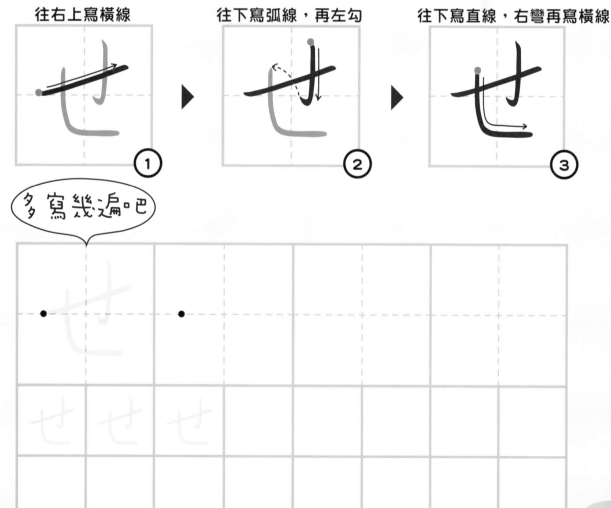

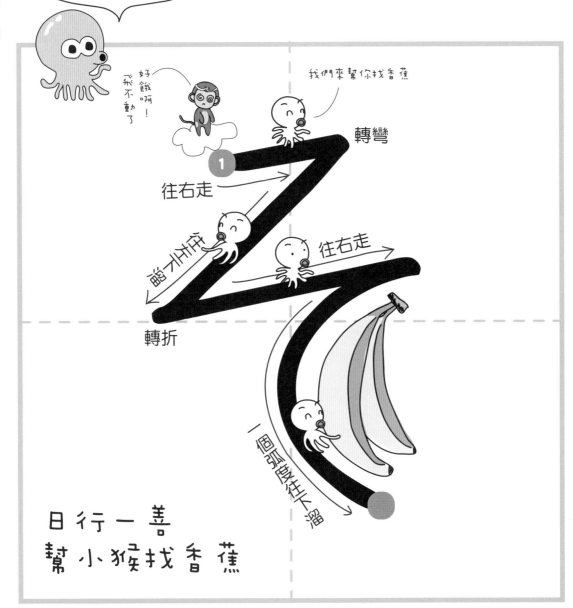

相關單字

う そ	そ うじ
說謊	打掃，掃除

跟著筆順練習

往右上寫橫線	左下寫斜線，轉折再寫橫線	往下寫半圓形

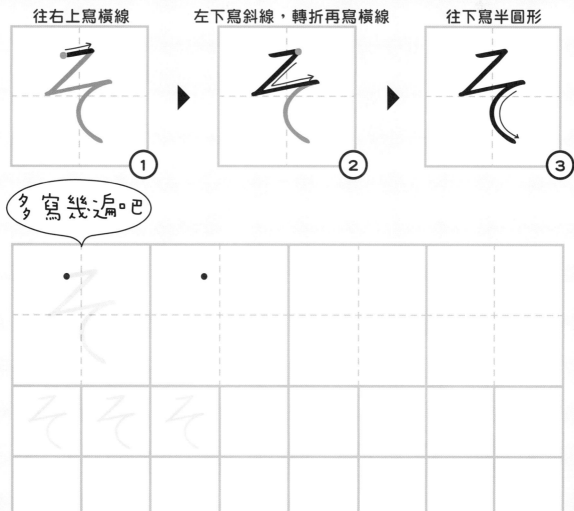

① ▶ ② ▶ ③

多寫幾遍吧

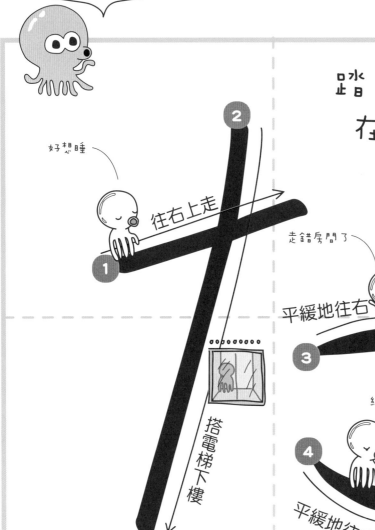

平假名 ひらがな

小動物歷險記

踏口的房間在哪裡？

好想睡

1 往右上走

2

搭電梯下樓

走錯房間了

平緩地往右

3

驚！！

終於要到了

4

平緩地往右下

踏口的房間

相關單字

た てもの

建築物

た のしい

快樂，高興

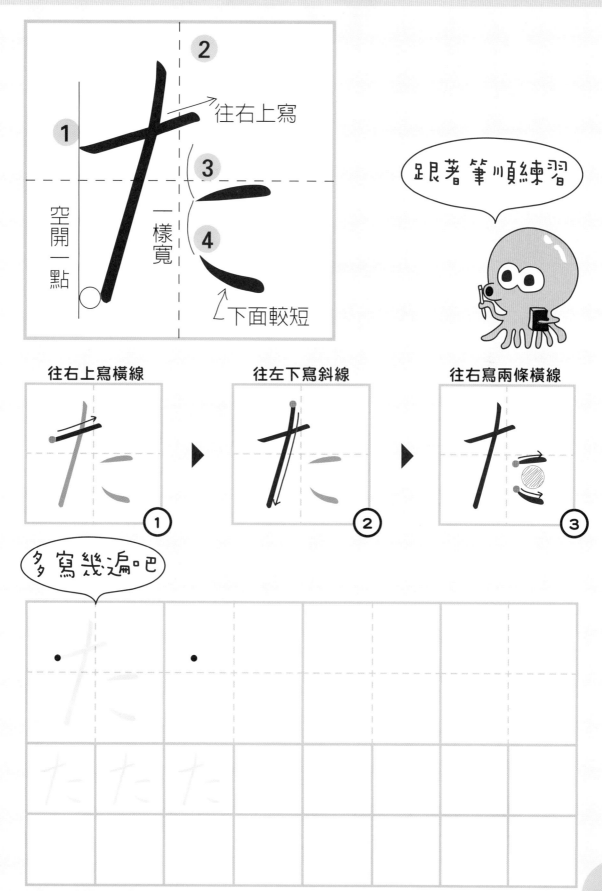

往右上寫

空開一點

一樣寬

下面較短

跟著筆順練習

往右上寫橫線

①

往左下寫斜線

②

往右寫兩條橫線

③

多寫幾遍吧

平假名
ひらがな

小動物歷險記

下山釣魚去！

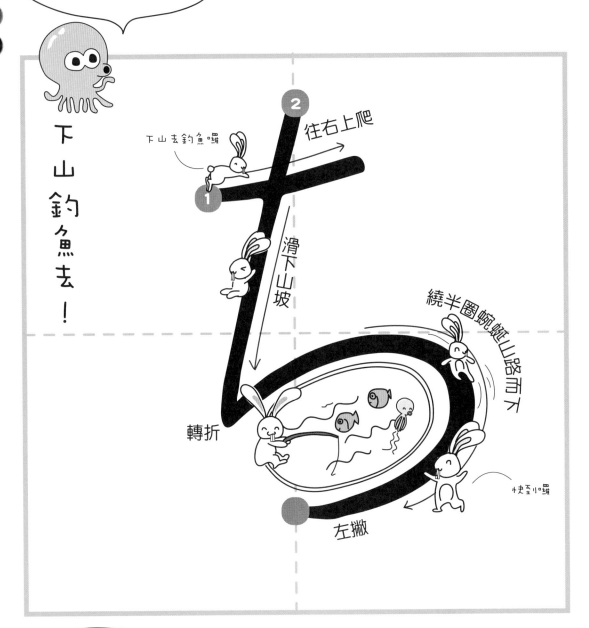

相關單字

ちかてつ

地下鐵

ちち

爸爸

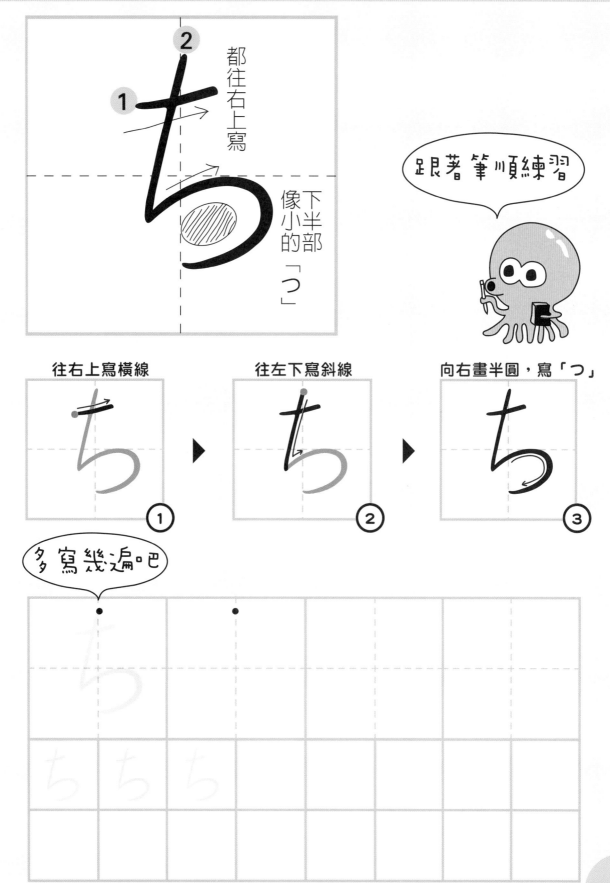

都往右上寫

像小的部「つ」下半部

跟著筆順練習

往右上寫橫線

往左下寫斜線

向右畫半圓，寫「つ」

① ② ③

多寫幾遍吧

平假名
ひらがな

小動物歷險記

風的魔力！

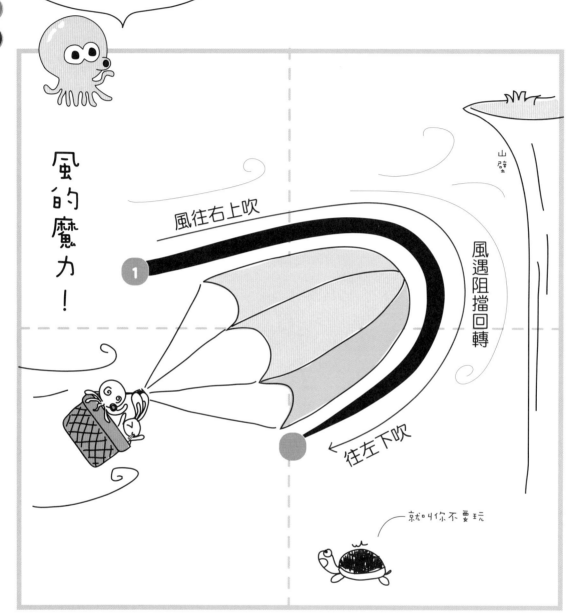

風往右上吹

山壁

風遇阻擋回轉

往左下吹

就叫你不要玩

相關單字

なつ	つくえ
夏天	桌子

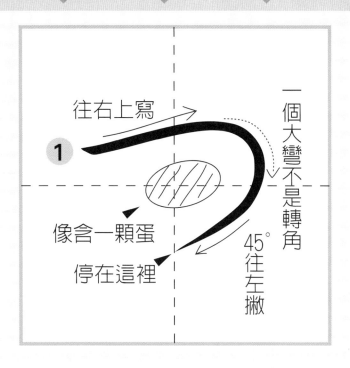

往右上寫

一個大彎不是轉角

像含一顆蛋

停在這裡

45°往左撇

跟著筆順練習

往右上寫 ①

轉個大彎，寫半圓形 ②

多寫幾遍吧

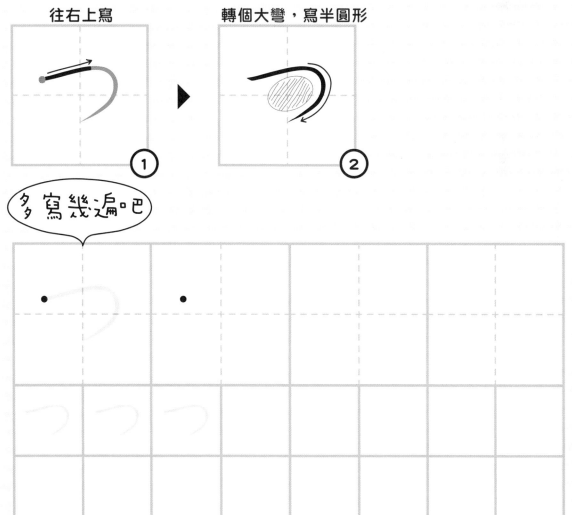

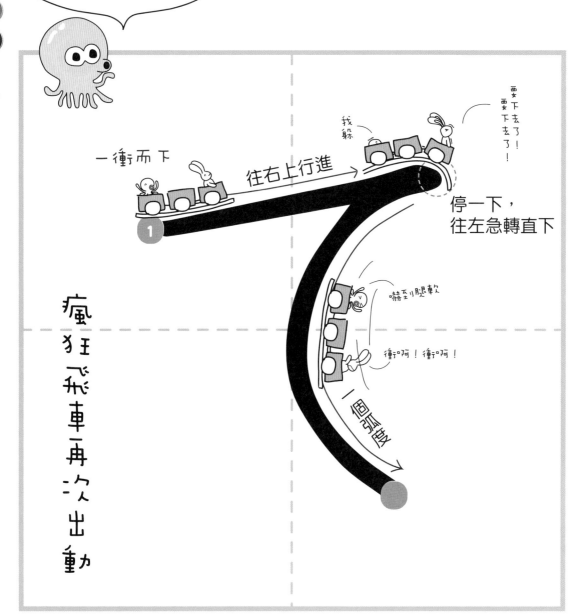

て

手

てがみ

信

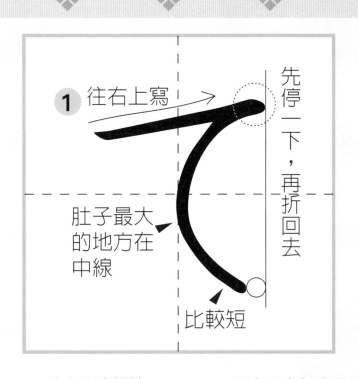

往右上寫 →

先停一下，再折回去

肚子最大的地方在中線

比較短

跟著筆順練習

往右上寫橫線

①

往左下畫個半圓形

②

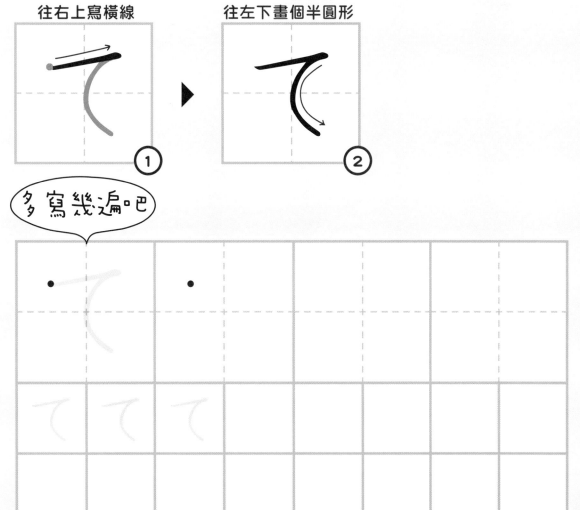

多寫幾遍吧

て て て

平假名 ひらがな

小動物歷險記

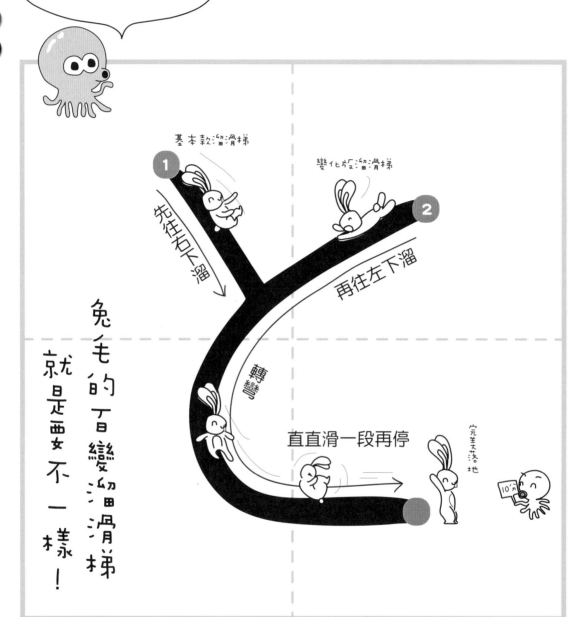

兔毛的音變細滑梯

就是要不一樣！

相關單字

と り	と けい
鳥	手錶

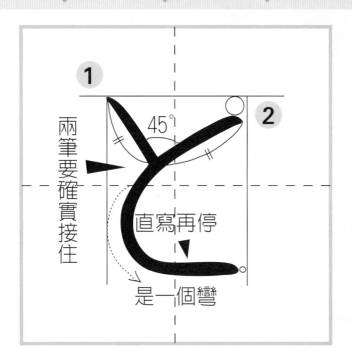

往右下寫斜線　　　　　　　寫口向右的半圓形

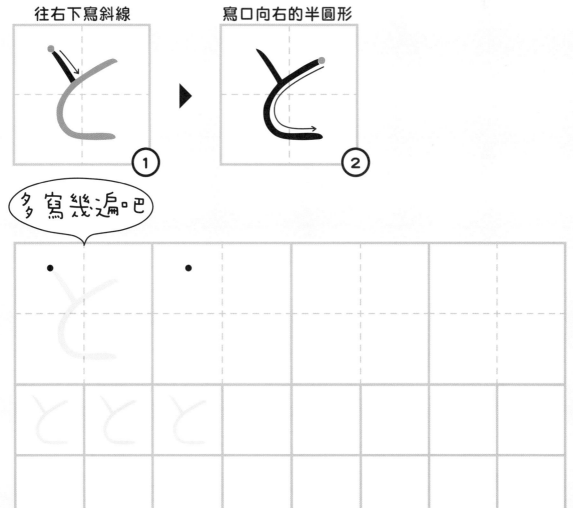

平假名 ひらがな

小動物歷險記

小獅王
想到城市上學

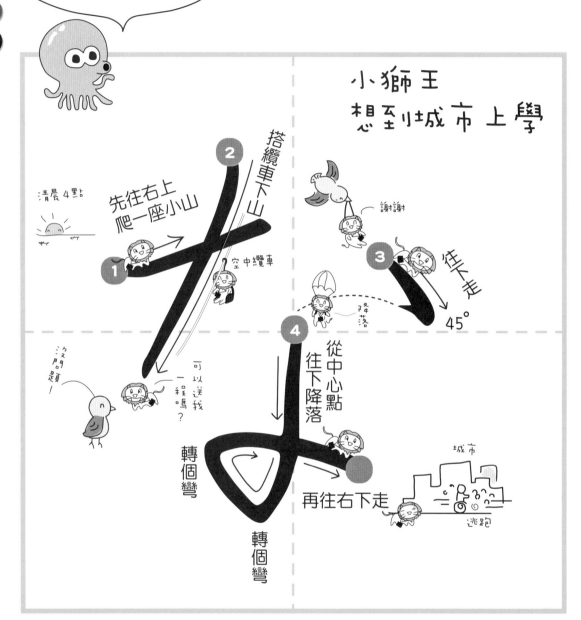

相關單字

おなか
肚子

はな
鼻子

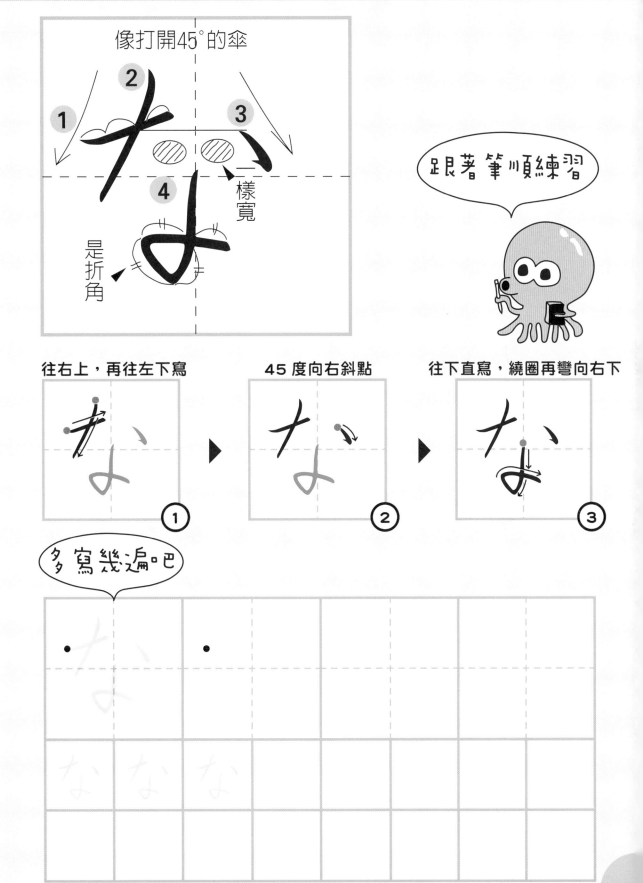

像打開45°的傘

一樣寬

是折角

跟著筆順練習

往右上，再往左下寫

①

45 度向右斜點

②

往下直寫，繞圈再彎向右下

③

多寫幾遍吧

平假名 ひらがな

小動物歷險記

神秘小貓要去哪裡呢？

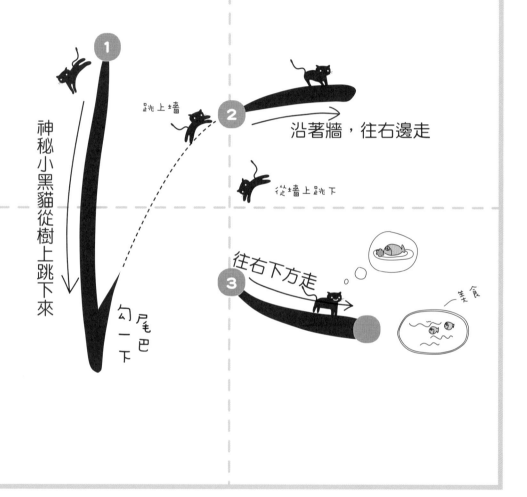

① 神秘小黑貓從樹上跳下來

尾巴 勾一下

跳上墻

② 沿著牆，往右邊走

從墻上跳下

往右下方走

③

美食

相關單字

にし	にわ
西邊	院子

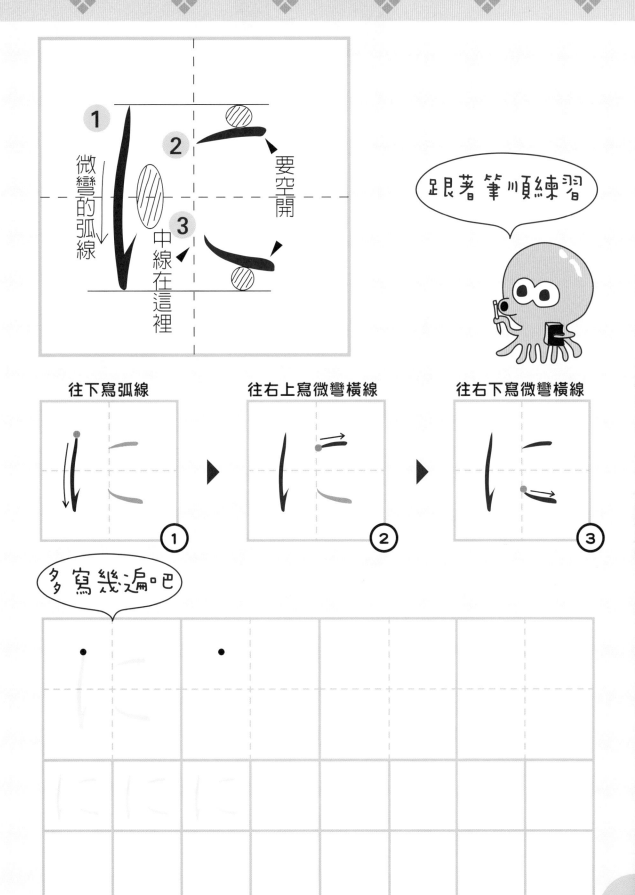

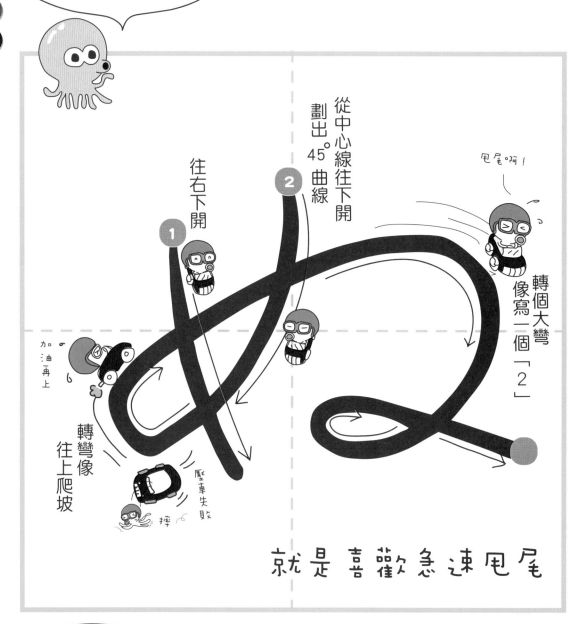

小動物歷險記

平假名 ひらがな

就是喜歡急速甩尾

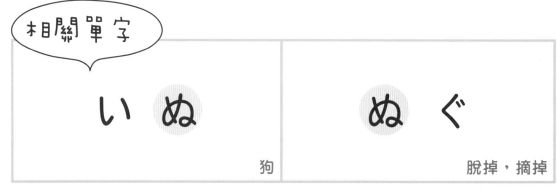

相關單字

いぬ	ぬ ぐ
狗	脫掉，摘掉

像爬坡

停一下

一個大彎

45°的曲線

像寫「2」

跟著筆順練習

往右下寫弧線

先往左下，再兩折

先寫「つ」，再繞圈

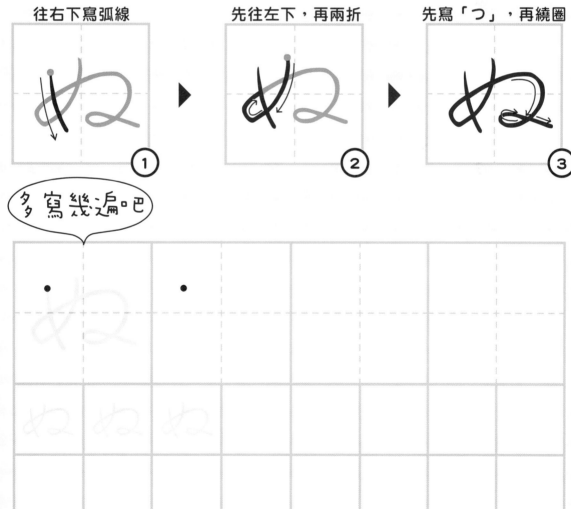

① ▶ ② ▶ ③

多寫幾遍吧

平假名 / ひらがな

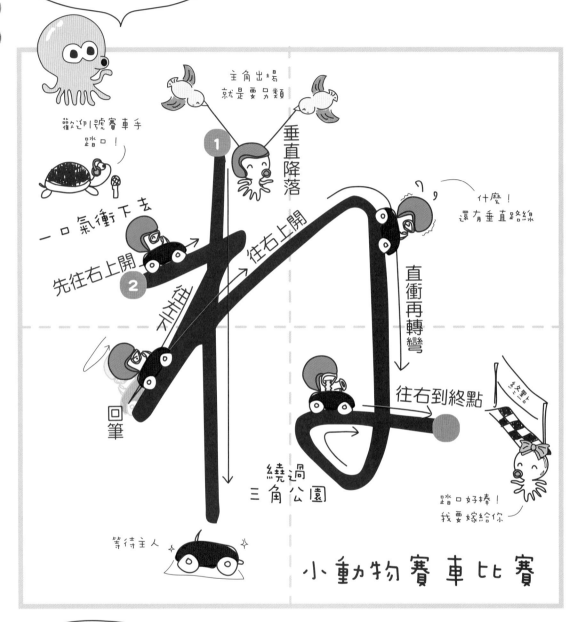

小動物歷險記

相關單字

ねこ
貓

ねる
睡覺

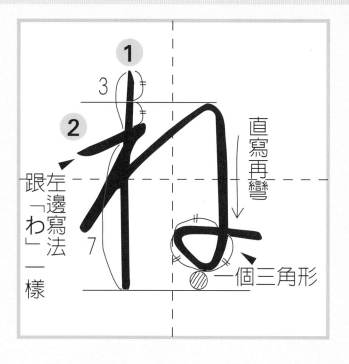

直寫再彎

跟「わ」一樣 左邊寫法

一個三角形

跟著筆順練習

往下寫直線

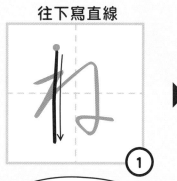

①

先右上寫，再兩折

②

往下直寫，再繞圈

③

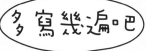

多寫幾遍吧

な行

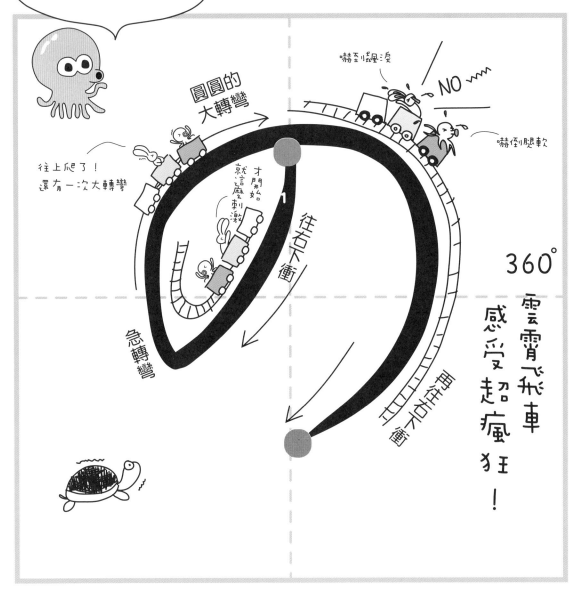

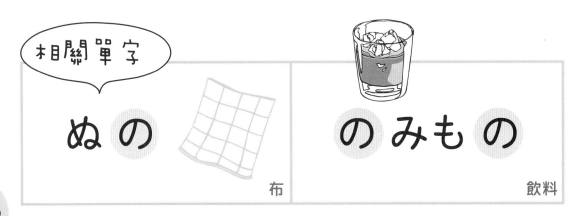

ぬの　布

のみもの　飲料

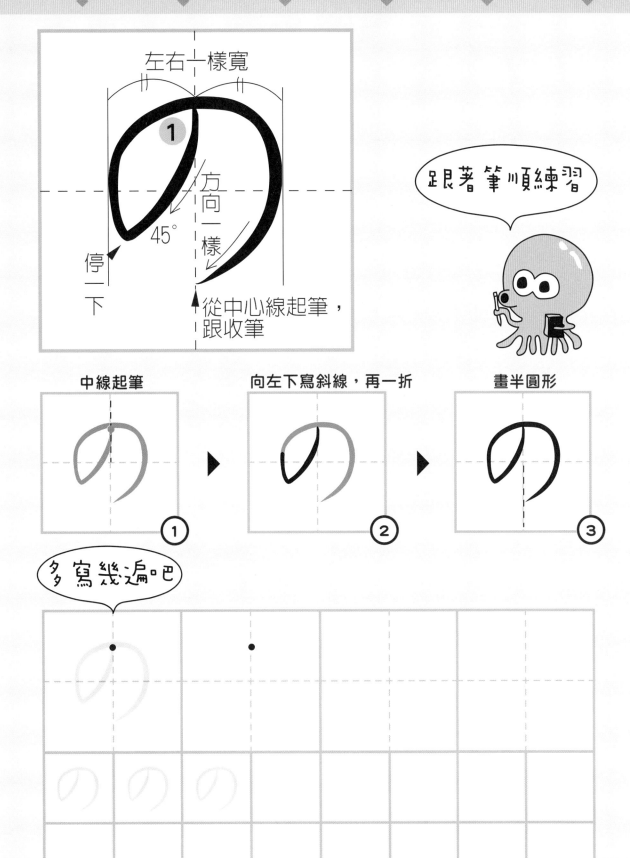

左右一樣寬

1

方向一樣

45°

停一下

從中心線起筆，跟收筆

跟著筆順練習

中線起筆

向左下寫斜線，再一折

畫半圓形

①

②

③

多寫幾遍吧

平假名
ひらがな

小動物歷險記

神秘小黑貓再次出動

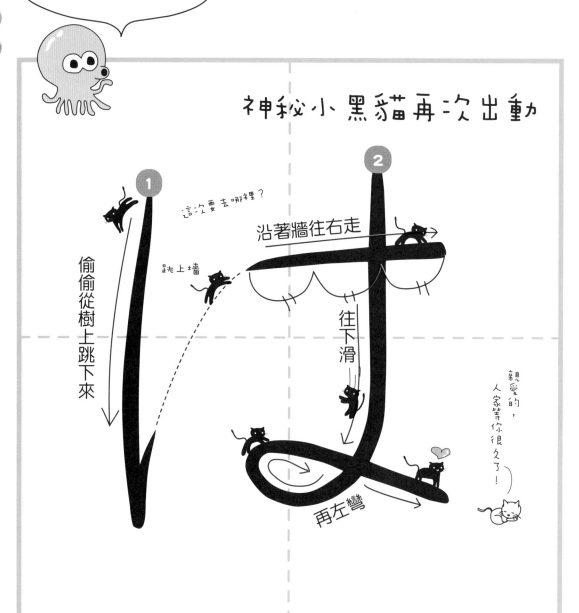

① 偷偷從樹上跳下來
這次要去哪裡？
跳上墻
沿著牆往右走
往下滑
再左彎
親愛的，人家等你很久了！

相關單字

はな
花

はる
春天

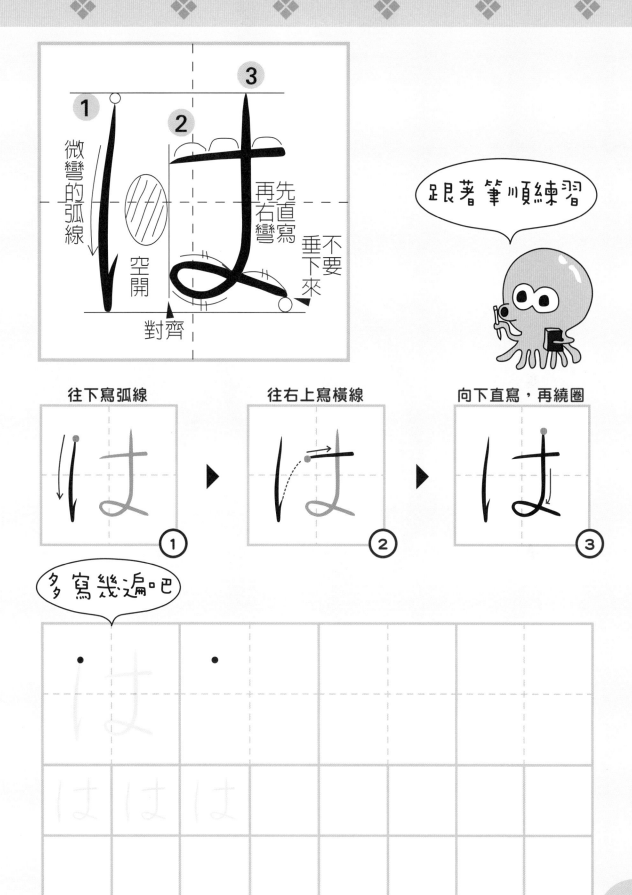

微彎的弧線

空開

對齊

先直寫再右彎

不要垂下來

跟著筆順練習

往下寫弧線

往右上寫橫線

向下直寫，再繞圈

① ② ③

多寫幾遍吧

は

はは は

63

は行

平假名 ひらがな

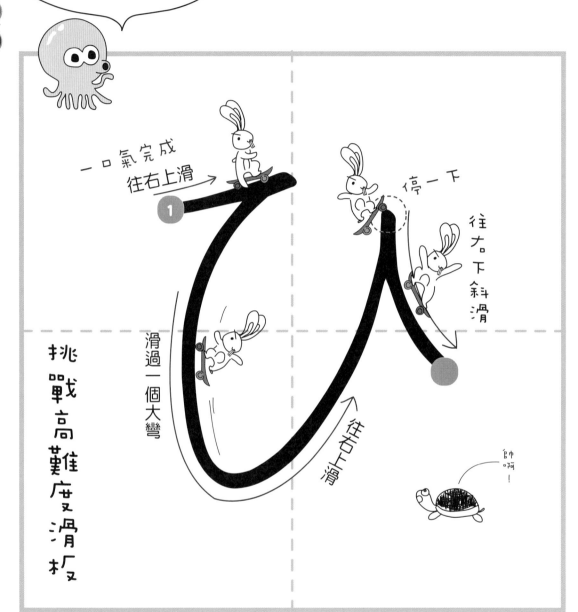

小動物歷險記

一口氣完成 往右上滑

1

停一下

往右下斜滑

挑戰高難度滑板

滑過一個大彎

往右上滑

帥啊！

相關單字

ひ だり

左邊

ひ こうき

飛機

64

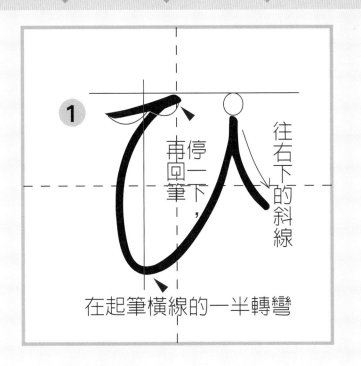

往右下的斜線

再停一下，回筆

在起筆橫線的一半轉彎

跟著筆順練習

向右上寫橫線

畫一個「U」字，再往右下撇

① ▶ ②

多寫幾遍吧

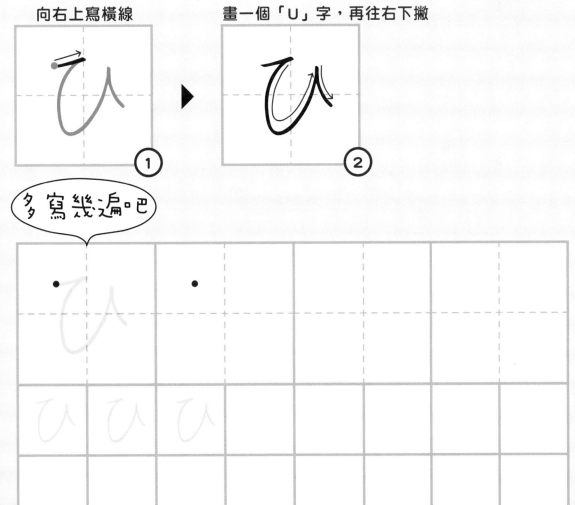

平假名
ひらがな

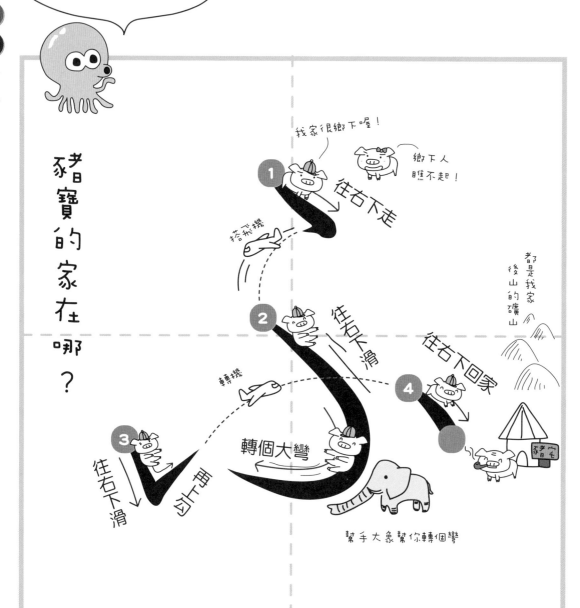

相關單字

ふゆ
冬天

ふろ
洗澡

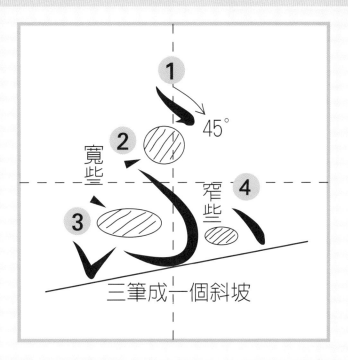

跟著筆順練習

| 往右下點 | 寫豎左彎勾 | 左右兩點，像寫「い」 |

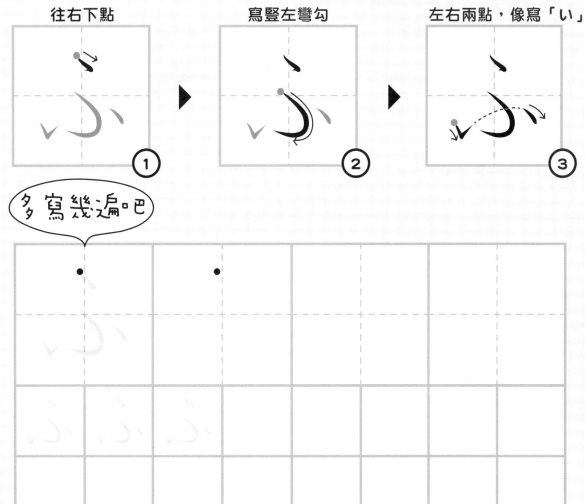

多寫幾遍吧

平假名 ひらがな

小動物歷險記

兔毛基礎滑板教學

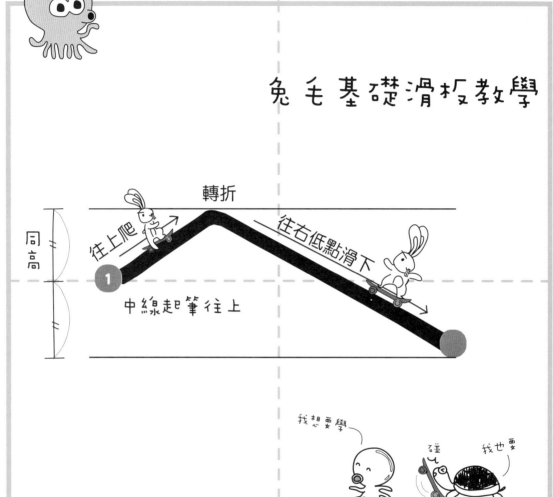

同高

轉折

往上爬

往右低點滑下

1

中線起筆往上

我想要學

我也要

相關單字

へや

房間

へた

笨拙

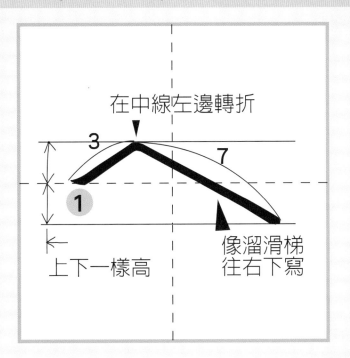

在中線左邊轉折

3　　7

① 像溜滑梯往右下寫

上下一樣高

跟著筆順練習

往右上寫短斜線

① ▶

轉折後，往右下寫長斜線

②

多寫幾遍吧

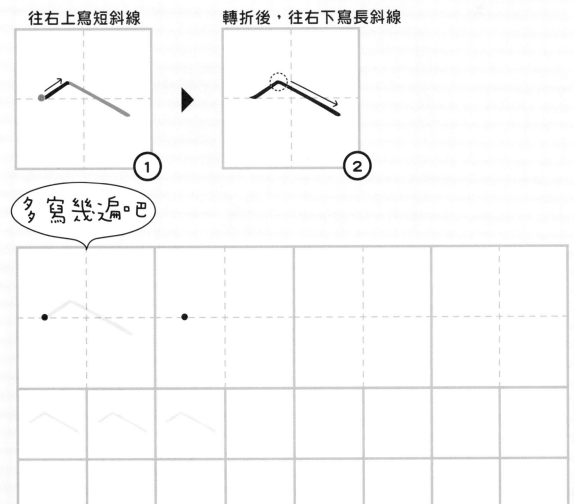

平假名
ひらがな

小動物歷險記

挑戰任務：炸毀舊大樓

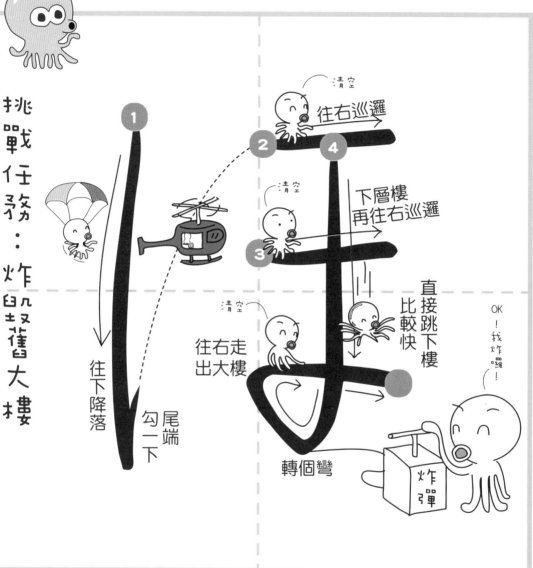

1 往下降落　尾端勾一下

2 往右巡邏　清空

3 往右走出大樓　清空

4 下層樓再往右巡邏　清空

直接跳下樓比較快

轉個彎

炸彈

OK！我炸囉！

相關單字

ほん	ほし
書籍	星星

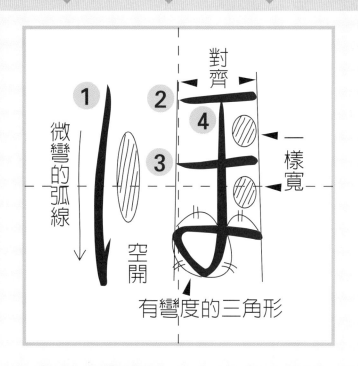

微彎的弧線

對齊

一樣寬

空開

有彎度的三角形

跟著筆順練習

往下寫微彎弧線

往右寫兩條平行橫線

往下寫直線，再繞圈

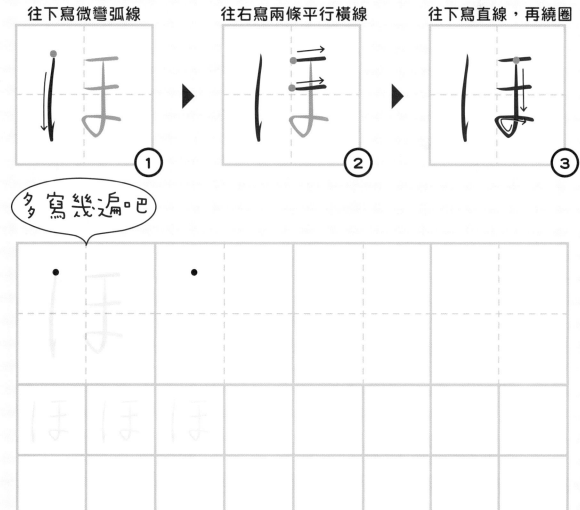

多寫幾遍吧

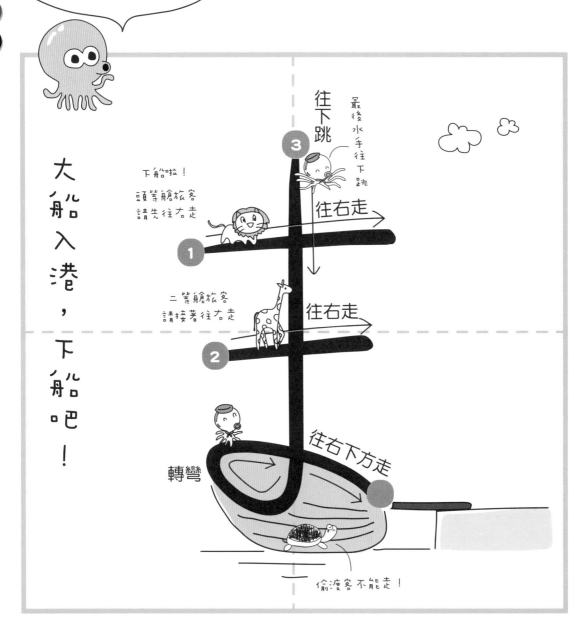

平假名 ひらがな

小動物歷險記

大船入港，下船吧！

下船啦！
頭等艙旅客
請先往右走

二等艙旅客
請接著往右走

往下跳

最後水手往下跳

往右走

往右走

往右下方走

轉彎

偷渡客不能走！

相關單字

あた**ま**	**ま**え
頭	前面

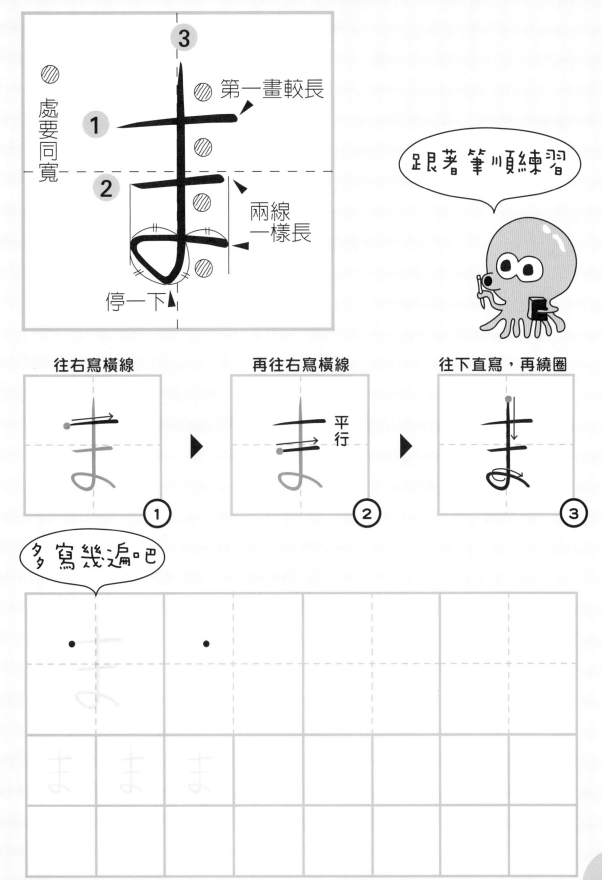

跟著筆順練習

第一畫較長

處要同寬

兩線一樣長

停一下

往右寫橫線 ① 再往右寫橫線 ② 平行 往下直寫，再繞圈 ③

多寫幾遍吧

平假名
ひらがな

小動物歷險記

小麻雀飛行表演

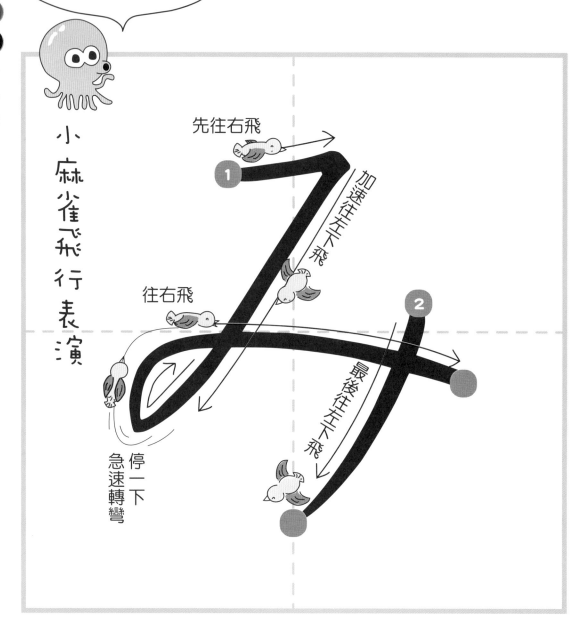

先往右飛

① 加速往左下飛

往右飛

②

最後往左下飛

停一下
急速轉彎

相關單字

み ぎ	み な み
右邊	南邊

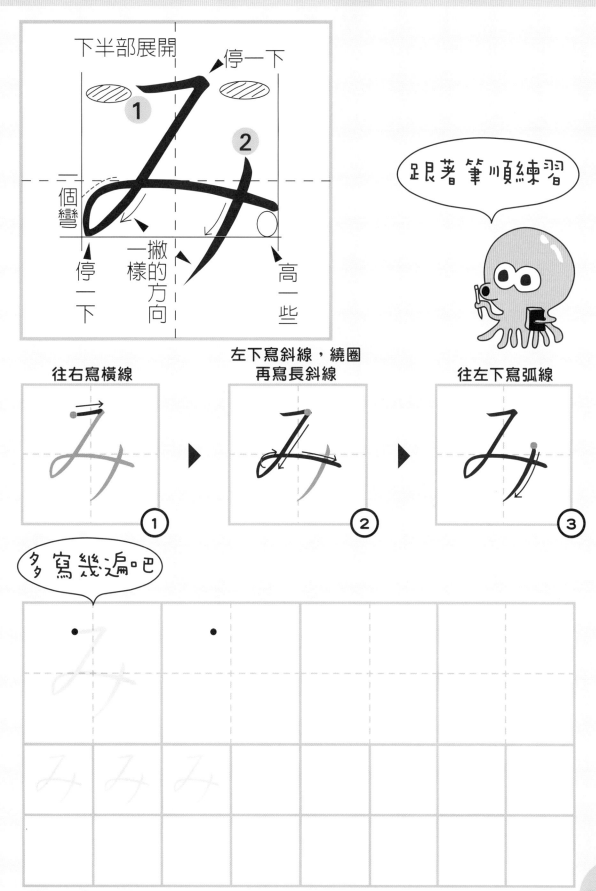

下半部展開

停一下

① ②

一個彎

停一下

一撇的方向一樣

高一些

跟著筆順練習

往右寫橫線

左下寫斜線，繞圈
再寫長斜線

往左下寫弧線

①

②

③

多寫幾遍吧

平假名
ひらがな

小動物歷險記

小麻雀
飛行表演2

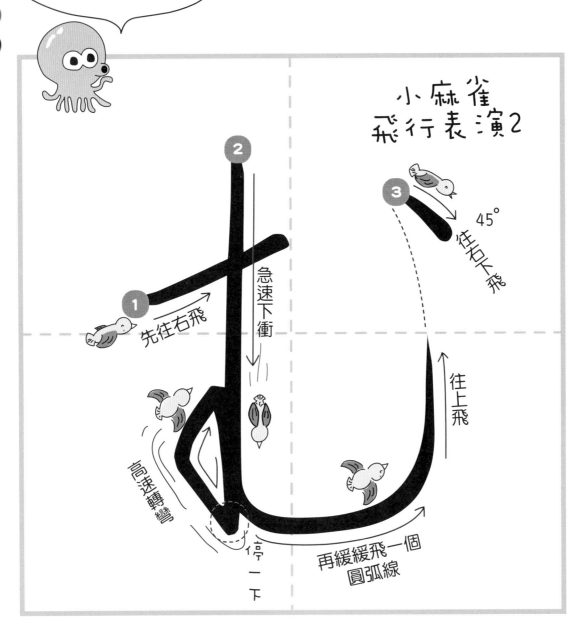

①先往右飛
②急速下衝
高速轉彎
停一下
45°往右下飛
往上飛
再緩緩飛一個圓弧線

相關單字

むら
村子

さむい
寒冷

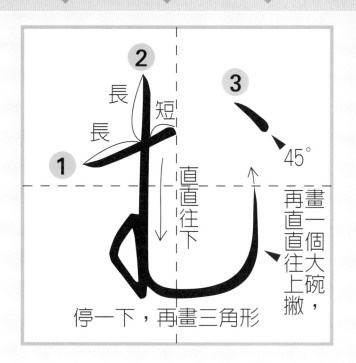

長 短
長
直直往下
再直直往上撇，
畫一個大碗，
45°
停一下，再畫三角形

跟著筆順練習

往右上寫橫線

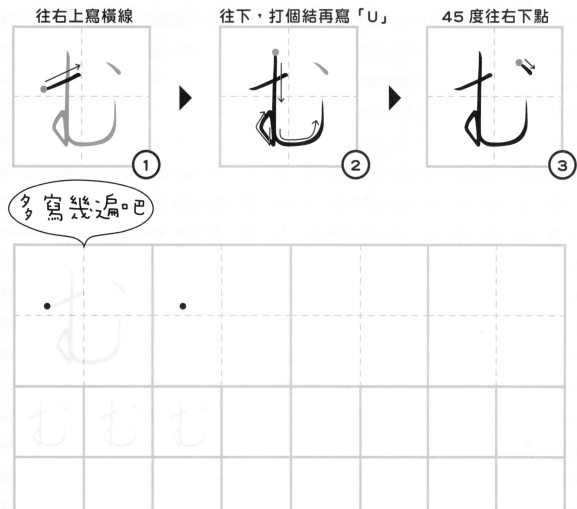

①

往下，打個結再寫「U」

②

45 度往右下點

③

多寫幾遍吧

平假名 ひらがな

小動物歷險記

臥虎藏龜雲霄飛車

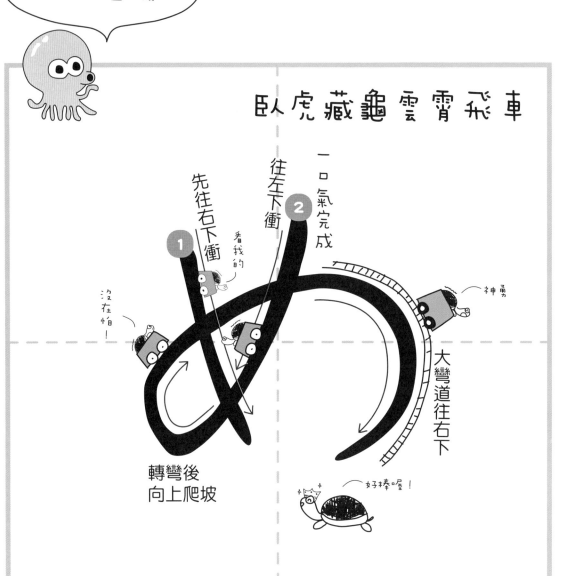

先往右下衝
看我的
沒在怕！
轉彎後向上爬坡

往左下衝

一口氣完成

神力
大彎道往右下
好棒喔！

相關單字

め 眼睛

あめ 雨

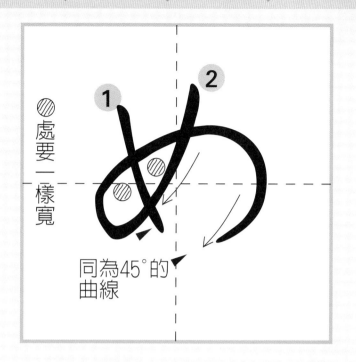

◎處要一樣寬

同為45°的曲線

跟著筆順練習

往右下寫弧線

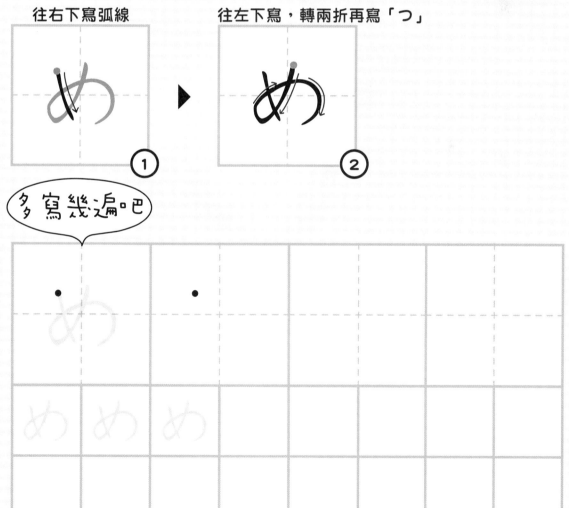

①

往左下寫，轉兩折再寫「つ」

②

多寫幾遍吧

平假名 ひらがな

小動物歷險記

神秘小貓
要去買晚餐！

① 往左下跳

神秘小貓
要去採花

先往右走

②

最後往右走

③

轉個大彎

最後往上提

約會～

神秘小貓
甜蜜出擊

相關單字

もしもし	もん
（打電話）喂	門

比較長

處一樣寬

停一下，再往45°右上寫

跟著筆順練習

往右寫橫線

再平行往右寫橫線

左下直寫，再寫「し」

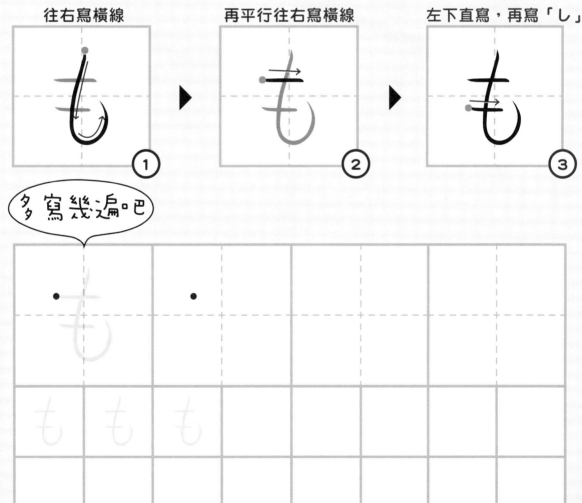

① ▶ ② ▶ ③

多寫幾遍吧

平假名
ひらがな

小動物歷險記

踏口露營去

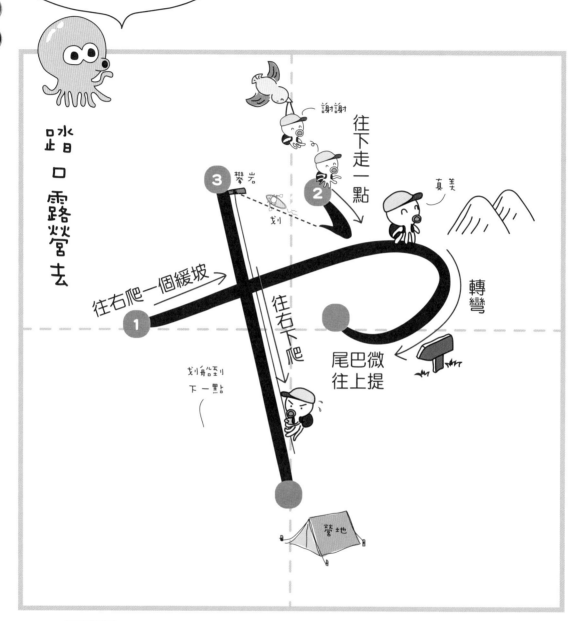

相關單字

や ま	や す み
山	休息

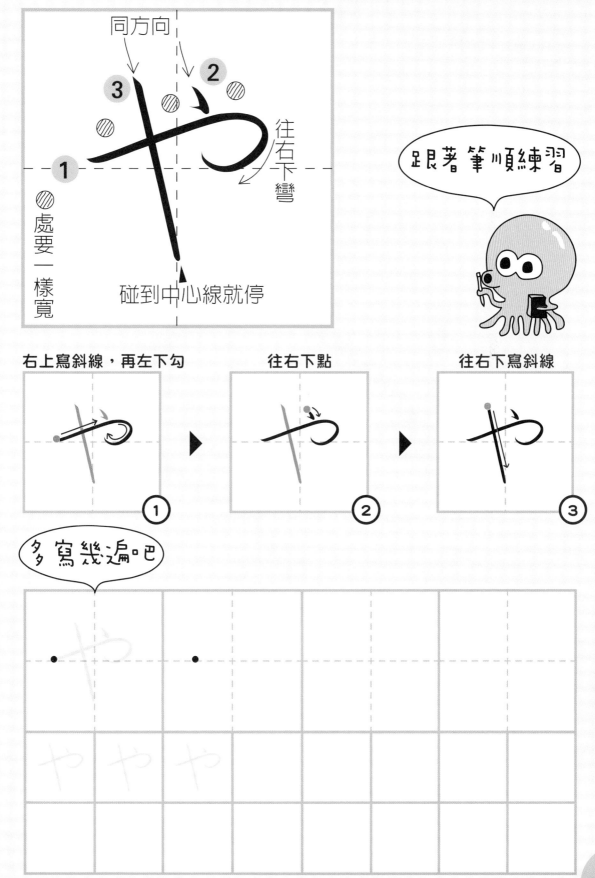

同方向

3 2

1

往右下彎

⃝處要一樣寬

碰到中心線就停

跟著筆順練習

右上寫斜線，再左下勾　　　往右下點　　　往右下寫斜線

① ② ③

多寫幾遍吧

平假名
ひらがな

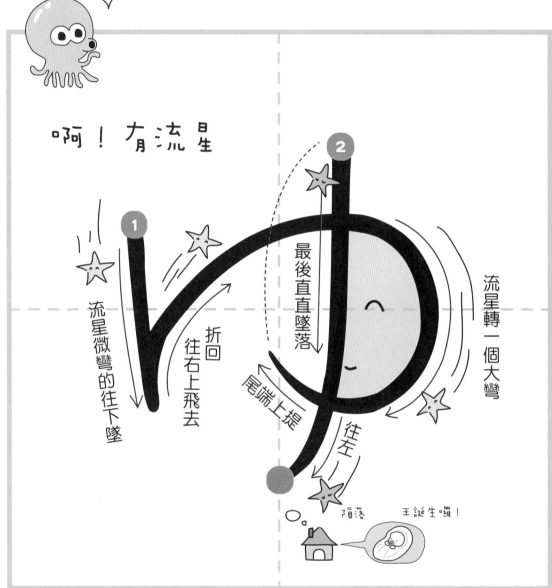

相關單字

ゆ うがた	ゆ め
傍晚	夢想

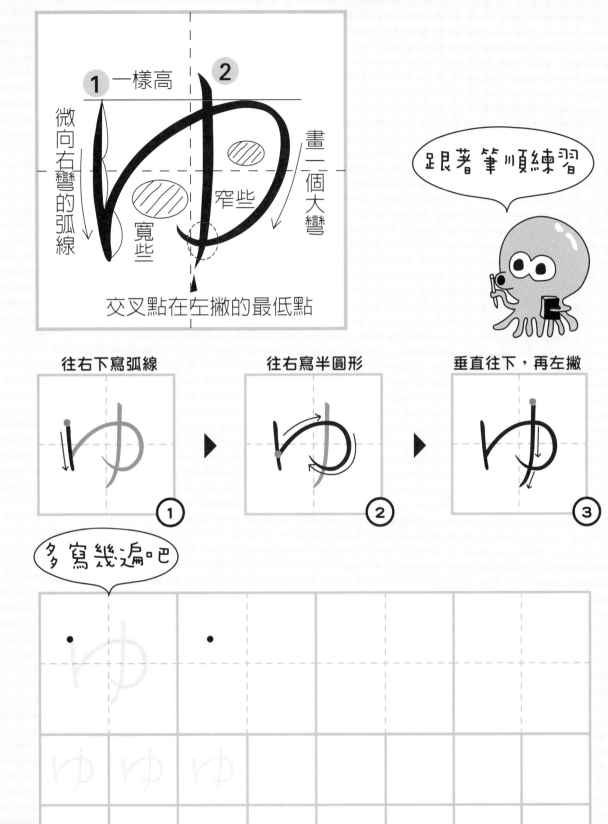

一樣高
微向右彎的弧線
畫一個大彎
窄些
寬些

交叉點在左撇的最低點

跟著筆順練習

往右下寫弧線

往右寫半圓形

垂直往下，再左撇

① ② ③

多寫幾遍吧

ゆ ゆ ゆ ゆ

小動物歷險記

拜訪踏口老家！

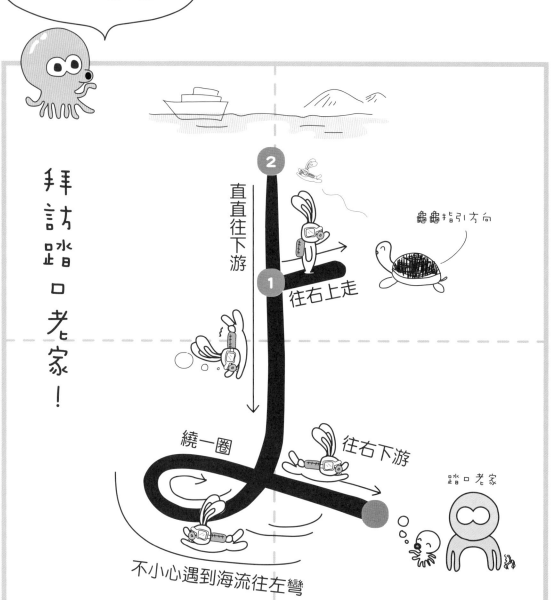

相關單字

よこ
旁邊

よむ
閱讀

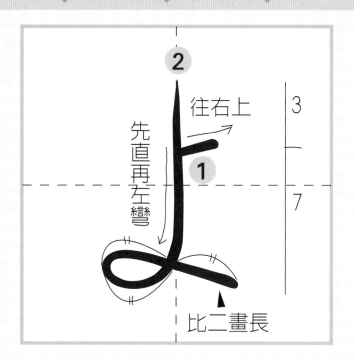

先直再左彎

往右上

比二畫長

跟著筆順練習

往右寫短橫線

①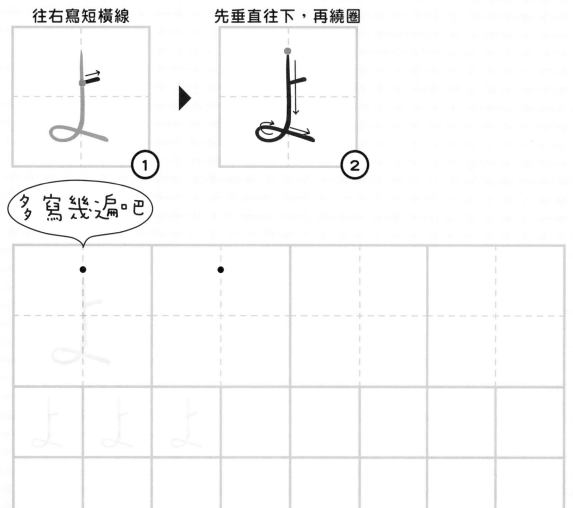

先垂直往下，再繞圈

②

多寫幾遍吧

平假名 ひらがな

小動物歷險記

龜龜即刻救援2

降落！
① 往右點

輕勾
②

先往左爬一點
再往下直落

90°轉彎往右走

停一下

跟著圓弧往下滑落

咻

相關單字

さくら

櫻花

らくだ

駱駝

跟著筆順練習

往右下點

垂直往下，再寫「つ」

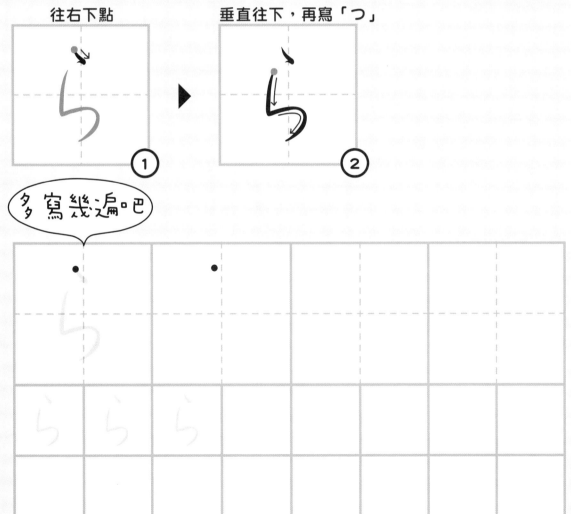

① ②

多寫幾遍吧

小動物歷險記

龜龜血拼去！

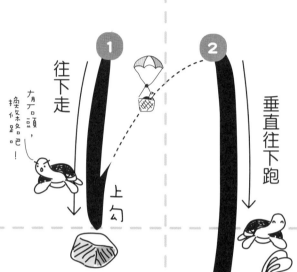

1 往下走 上勾

2 垂直往下跑

稍往左下走

ク尸頂，換条路巴！

來幫你帶路 好優 快被搶光了

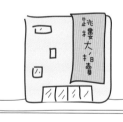

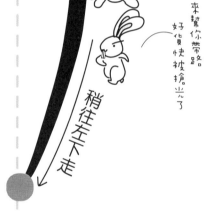

相關單字

り ょこう

旅行

り ゅうり

料理

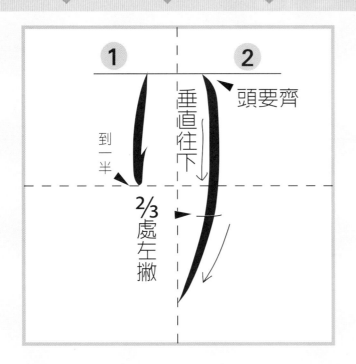

跟著筆順練習

垂直往下，再右上勾

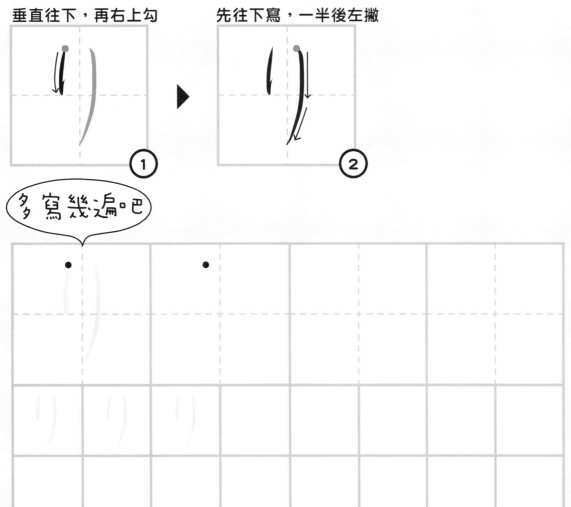

① ②

先往下寫，一半後左撇

多寫幾遍吧

小動物歷險記

平假名 ひらがな

大船回港囉！

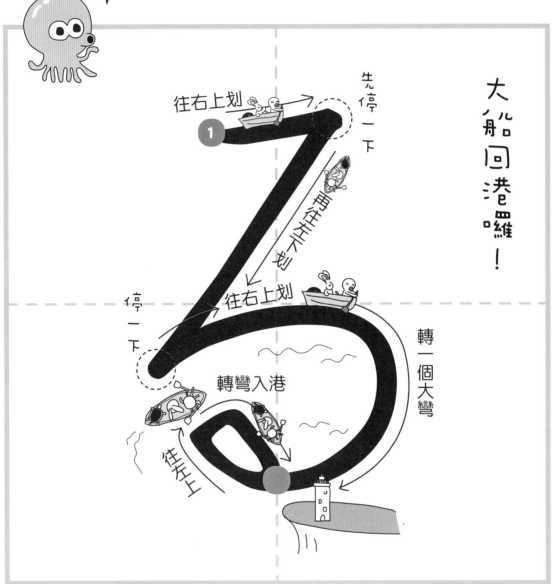

先停一下
往右上划
再往左下划
往右上划
停一下
轉彎入港
轉一個大彎
往左上

相關單字

る　す
看家

く　る　ま
車子

跟著筆順練習

往右寫橫線

轉折往左下寫斜線

先寫「つ」再繞圈

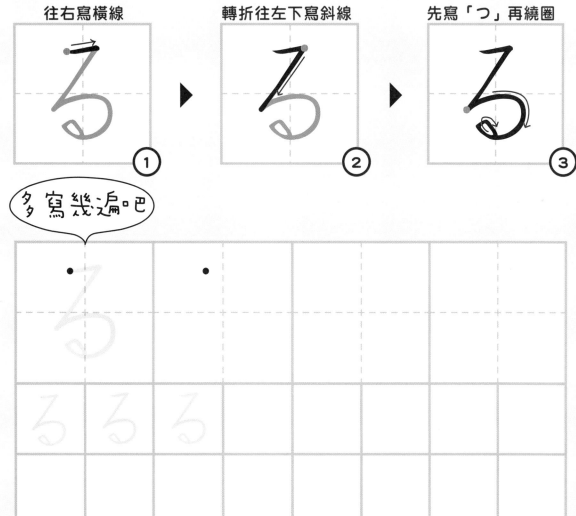

① ② ③

多寫幾遍吧

平假名 ひらがな

小動物歷險記

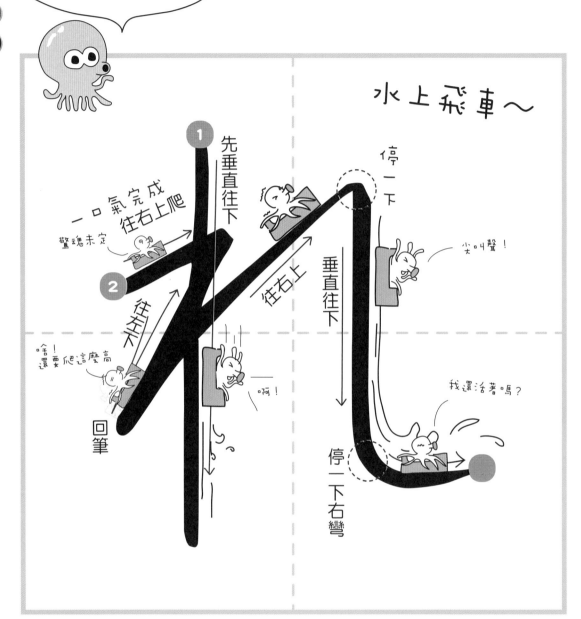

相關單字

れんらく	れきし
聯絡	歷史

比起筆低

比較高

先彎再撇

左邊跟「ね」一樣

跟著筆順練習

往下寫直線

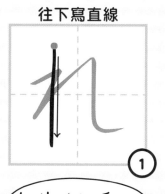

①

往右上寫，折兩次

②

最後寫「し」

③

多寫幾遍吧

平假名 ひらがな

小動物歷險記

叢林大冒險之
找恐龍蛋!

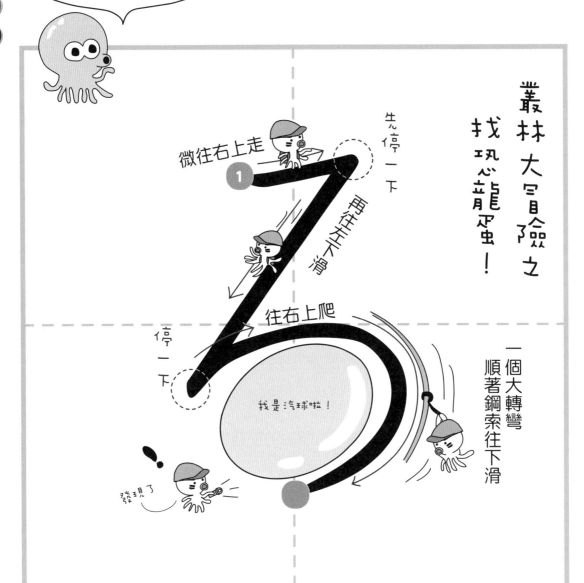

相關單字		
ろく		ろうか
六		走廊

96

往右上寫

一個大大的半圓

像含一顆蛋

跟著筆順練習

往右寫橫線　　　　　轉折後，往左下寫斜線　　　　最後再寫「つ」

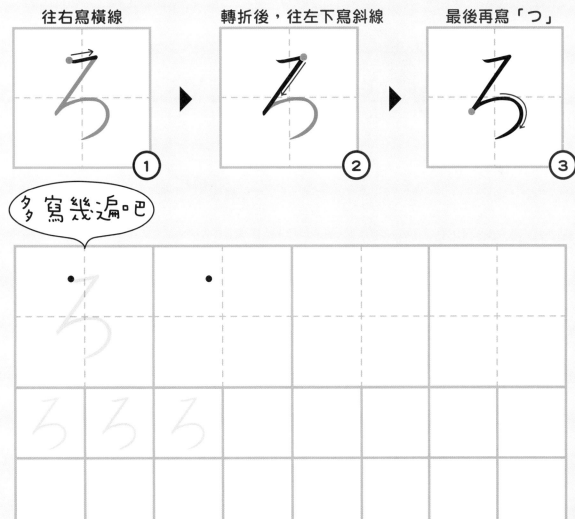

① ▶ ② ▶ ③

多寫幾遍吧

平假名 ひらがな

小動物歷險記

再次體驗騎馬極速甩尾

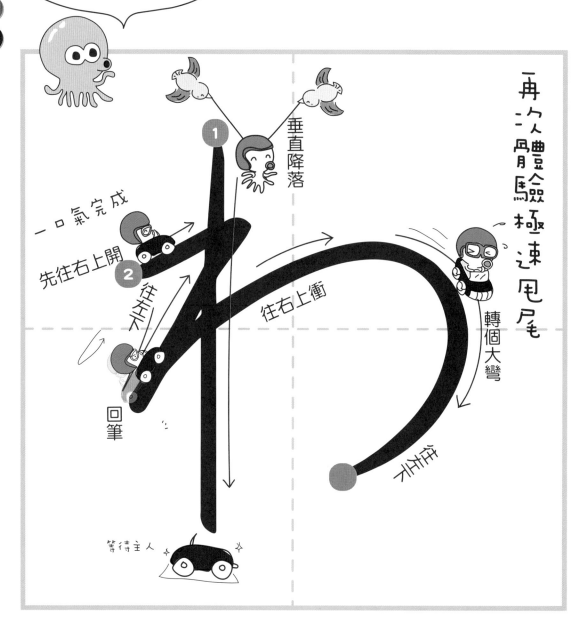

垂直降落

一口氣完成

先往右上開

往右上衝

往左下

轉個大彎

回筆

等待主人

相關單字

かわ	わたし
河川	我

98

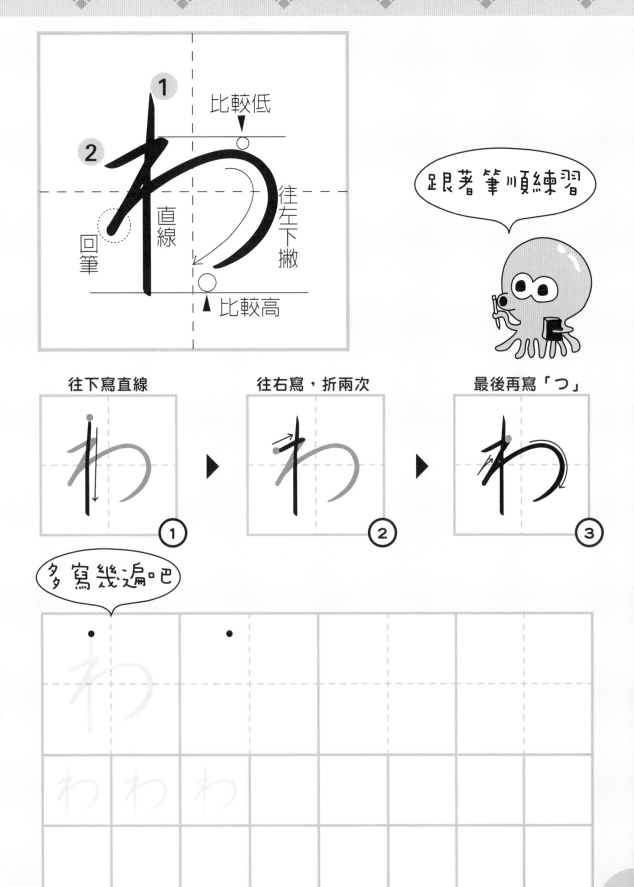

往下寫直線　　往右寫，折兩次　　最後再寫「つ」

① ② ③

平假名 ひらがな

小動物歷險記

到龜龜家做客

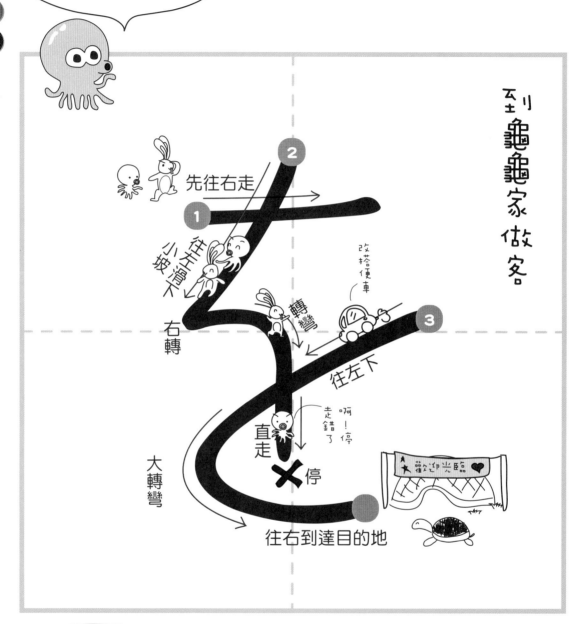

先往右走
往左滑下
小坡
右轉
轉彎
改搭便車
往左下
直走
啊！停
走錯了
大轉彎
停
往右到達目的地
歡迎光臨

相關單字

うた を うたいます。

唱歌

100

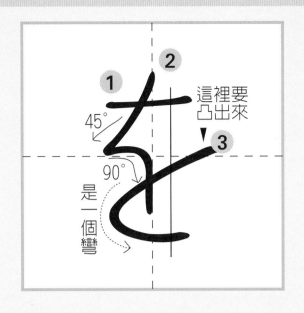

這裡要
凸出來

45°

90°

是一個彎

跟著 筆順練習

往右寫橫線　　　　往左下寫，再向下轉折　　　寫向右的半圓形

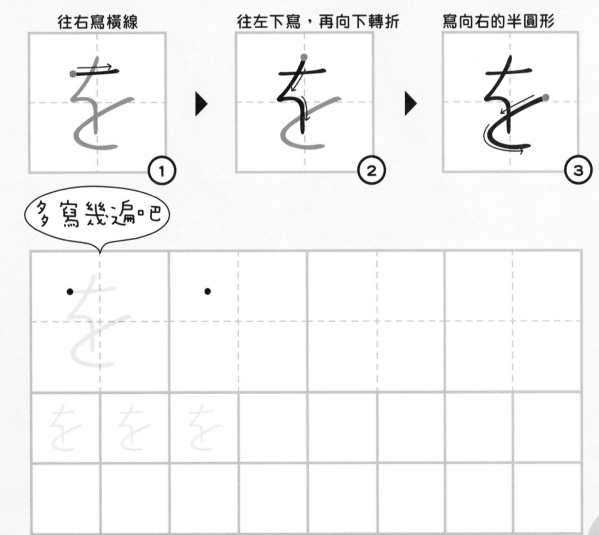

① ② ③

多寫幾遍吧

平假名 ひらがな

小動物歷險記

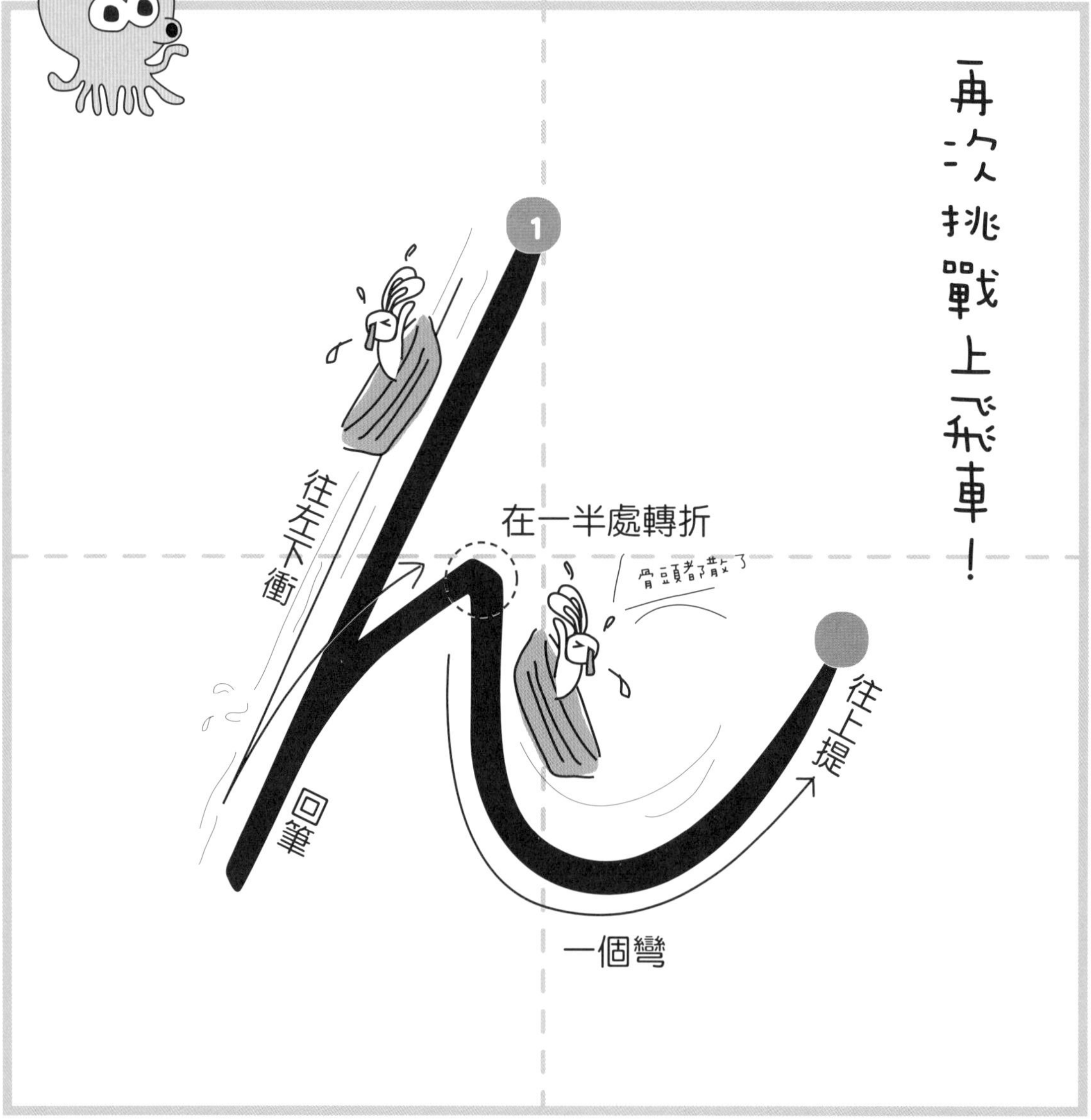

再次挑戰上が所車！

往左下衝

在一半處轉折

骨頭都散了

①

往上提

回筆

一個彎

相關單字

べんり	きん
方便	黃金、K金

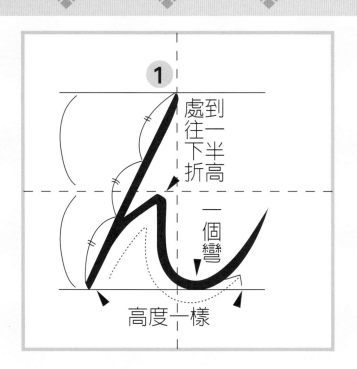

跟著筆順練習

往左下寫長斜線

右上回筆，寫一個半圓

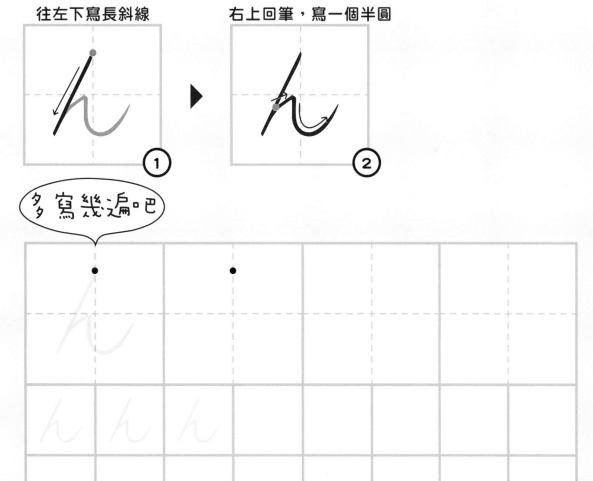

① ▶ ②

多寫幾遍吧

哪裡不一樣呢？

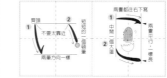

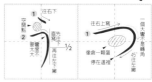

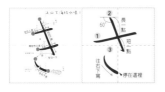

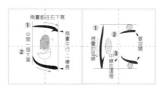

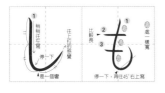

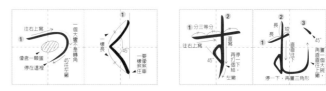

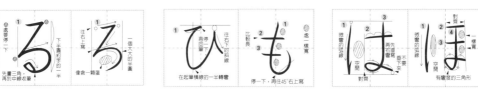

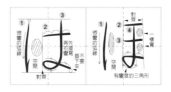

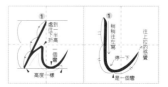

片假名練習

ア

イ

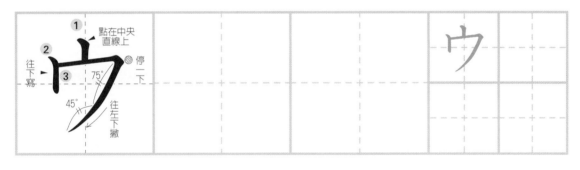

ウ

エ

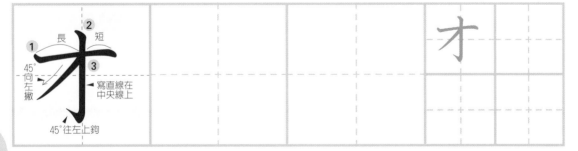

オ

				カ
				キ
				ク
				ケ
				コ

サ

シ

ス

セ

ソ

タ

チ

ツ

テ

ト

ナ行

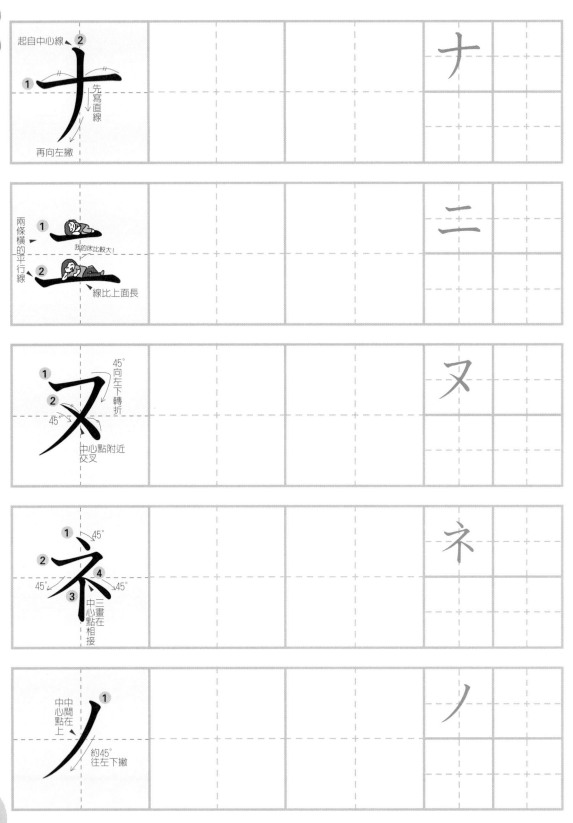

片假名 カタカナ

110

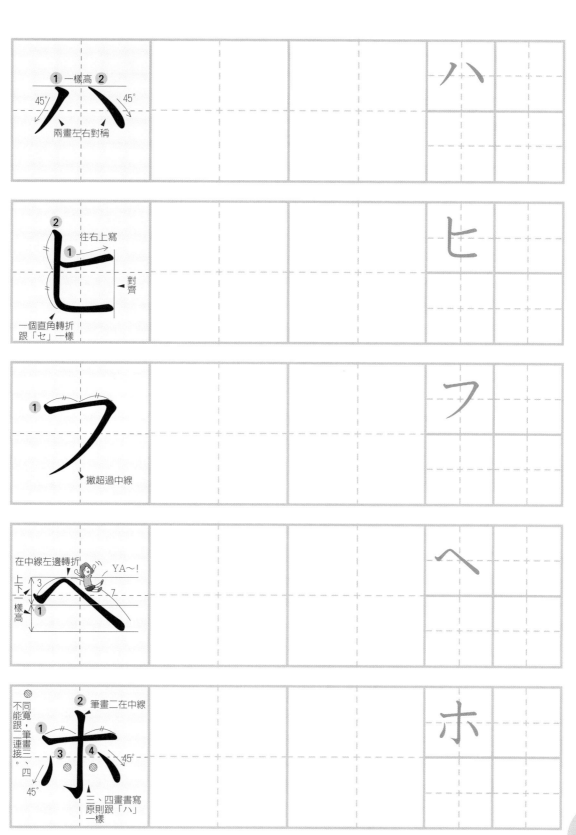

ハ

ヒ

フ

へ

ホ

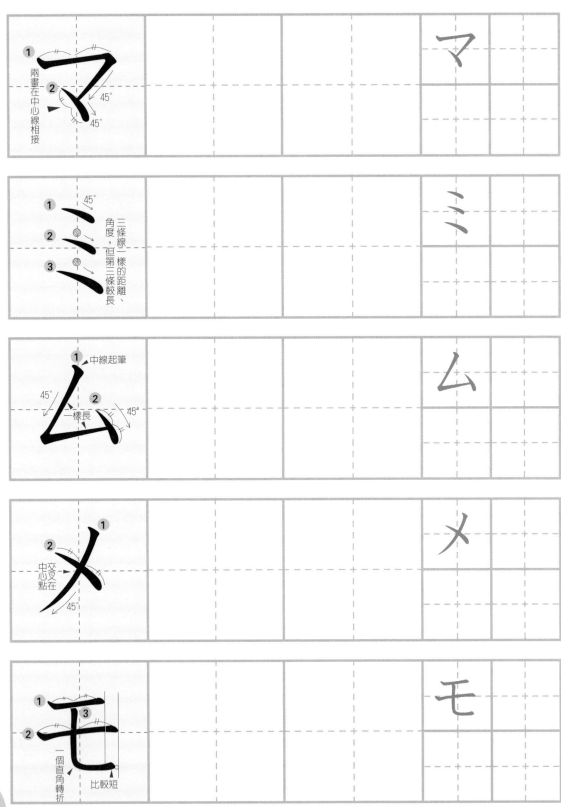

① 兩畫在中心線相接
② 45°
45°

① 45°
三條線一樣的距離、角度，但第三條較長
②
③

① 中線起筆
45° 一樣長 ② 45°

② 中交心點在交
①
45°

① ③
②
一個直角轉折   比較短

マ

ミ

ム

メ

モ

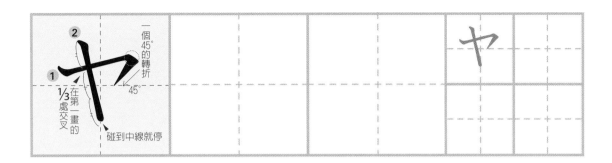

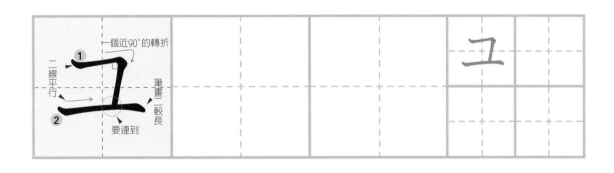

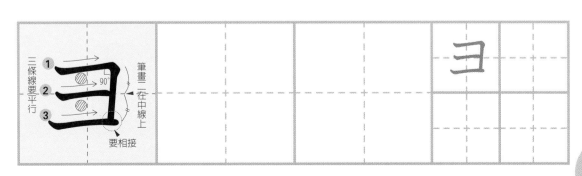

片
假
名

カタカナ

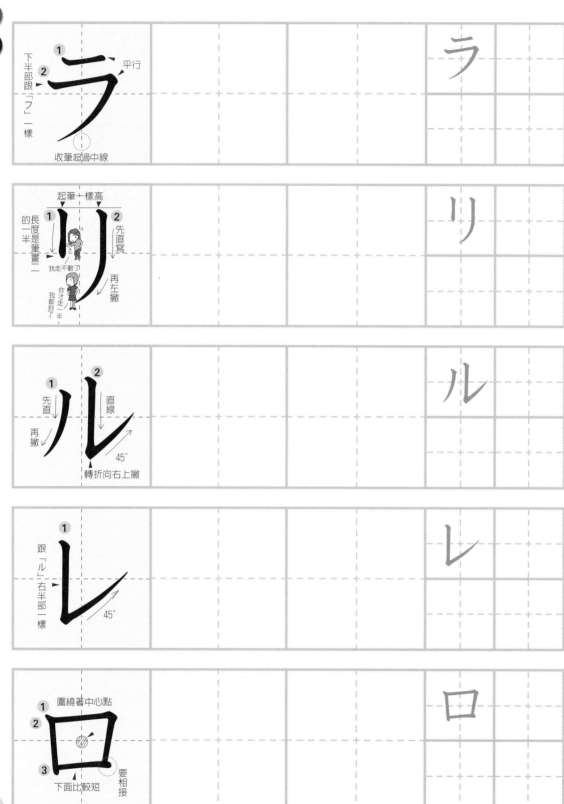

| | | | ラ | |

ラ
① 平行
② 下半部跟「フ」一樣
收筆超過中線

| | | | リ | |

リ
起筆一樣高
① ② 先直寫
二畫筆的一半是度長的 再左撇
我走不動了
你才走一半，我都到了

| | | | ル | |

ル
① ② 直線
先直 再撇 45°
轉折向右上撇

| | | | レ | |

レ
①
跟「ル」右半部一樣 45°

| | | | ロ | |

ロ
① 圍繞著中心點
②
③ 下面比較短 要相接

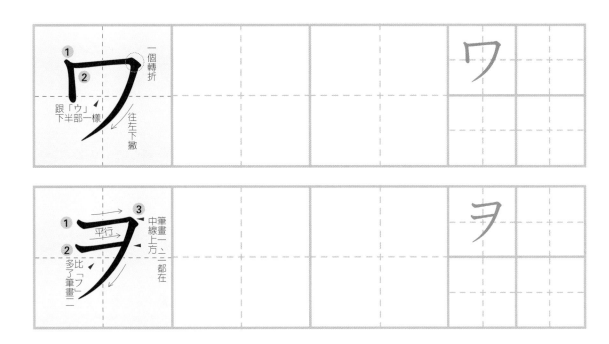

撥 音

哪裡不一樣呢？

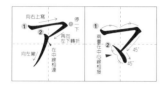 

 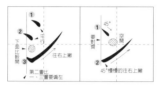 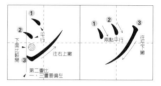

  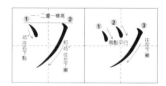

  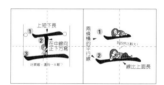

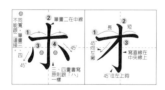 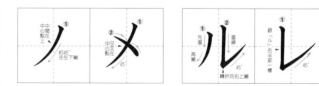 

 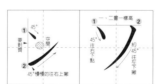 

其他音練習

濁音

假名右上角有兩點「 ゛」，到底是什麼呢？這可不是錯字喔！這兩點叫「濁音符號」，表示發音時要振動聲帶，發出來的音有點濁濁的，所以稱為「濁音」。濁音只出現在「か、さ、た、は」行喔！

濁音表

	あ段	い段	う段	え段	お段
が行	が ガ **[ga]**	ぎ ギ **[gi]**	ぐ グ **[gu]**	げ ゲ **[ge]**	ご ゴ **[go]**
ざ行	ざ ザ **[za]**	じ ジ **[ji]**	ず ズ **[zu]**	ぜ ゼ **[ze]**	ぞ ゾ **[zo]**
だ行	だ ダ **[da]**	ぢ ヂ **[ji]**	づ ヅ **[zu]**	で デ **[de]**	ど ド **[do]**
ば行	ば バ **[ba]**	び ビ **[bi]**	ぶ ブ **[bu]**	べ ベ **[be]**	ぼ ボ **[bo]**

半濁音

這次假名的右上角，從「 ゛」變成「 ゜」了！這圓圈叫「半濁音符號」，特性是發音時，聽起來比濁音還清，卻比清音濁，所以稱之為「半濁音」。半濁音只出現在「は」行喔！

半濁音表

	あ段	い段	う段	え段	お段
ぱ行	ぱ パ **[pa]**	ぴ ピ **[pi]**	ぷ プ **[pu]**	ぺ ペ **[pe]**	ぽ ポ **[po]**

其
他
音

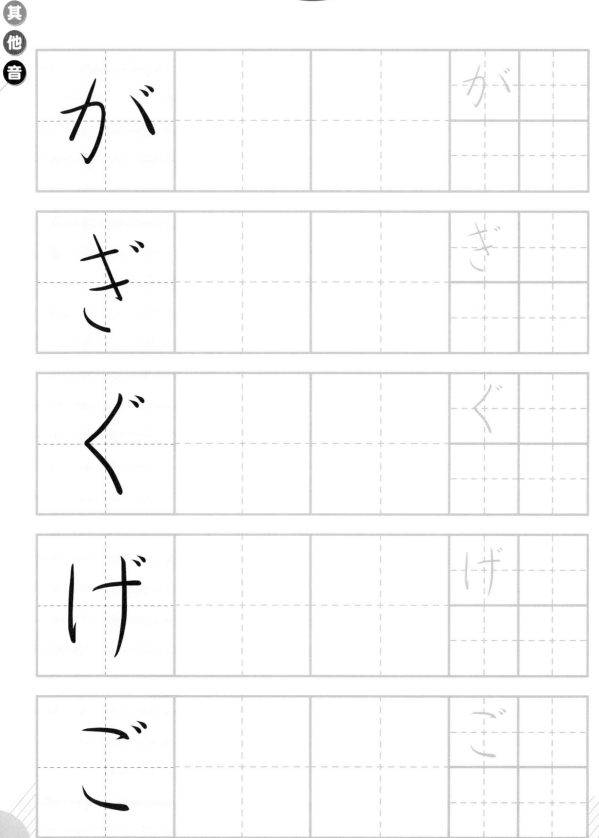

が

ぎ

ぐ

げ

ご

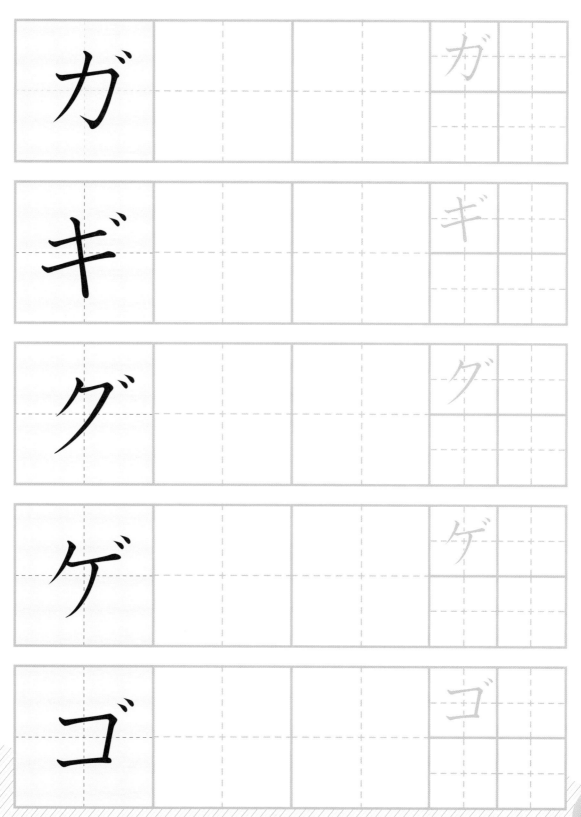

其
他
音

ざ　　　　　　　　　　　　　ざ

じ　　　　　　　　　　　　　じ

ず　　　　　　　　　　　　　ず

ぜ　　　　　　　　　　　　　ぜ

ぞ　　　　　　　　　　　　　ぞ

ザ　　　　　　　　ザ

ジ　　　　　　　　ジ

ズ　　　　　　　　ズ

ゼ　　　　　　　　ゼ

ゾ　　　　　　　　ゾ

其
他
音

だ

ぢ

づ

で

ど

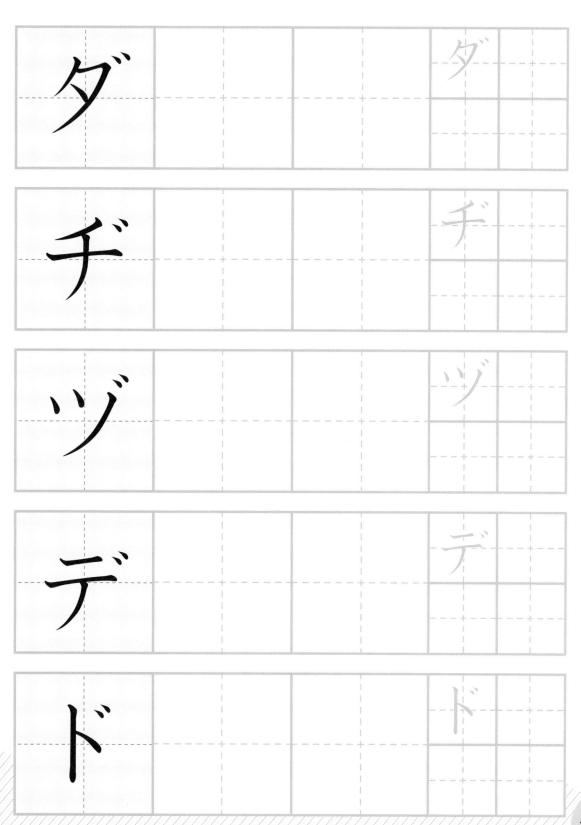

ダ

チ

ヅ

デ

ド

其
他
音

ば

び

ぶ

べ

ぼ

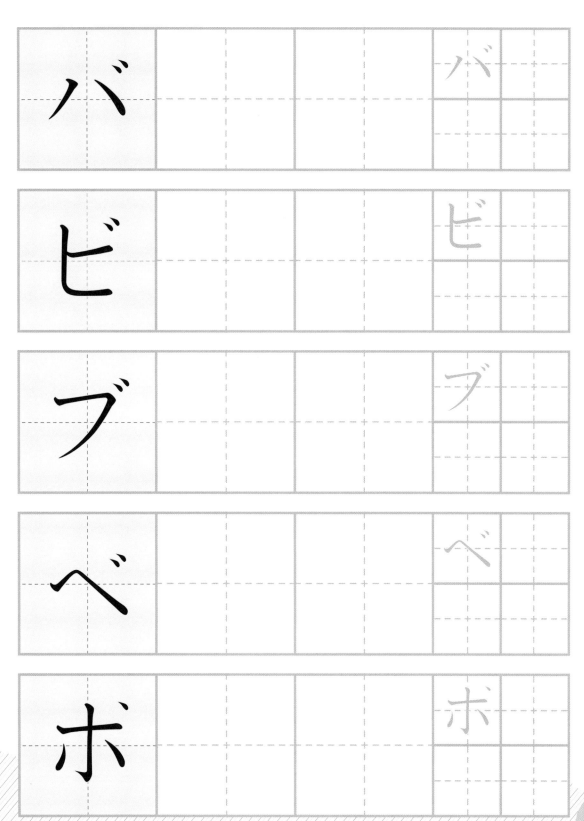

バ

ビ

ブ

ベ

ボ

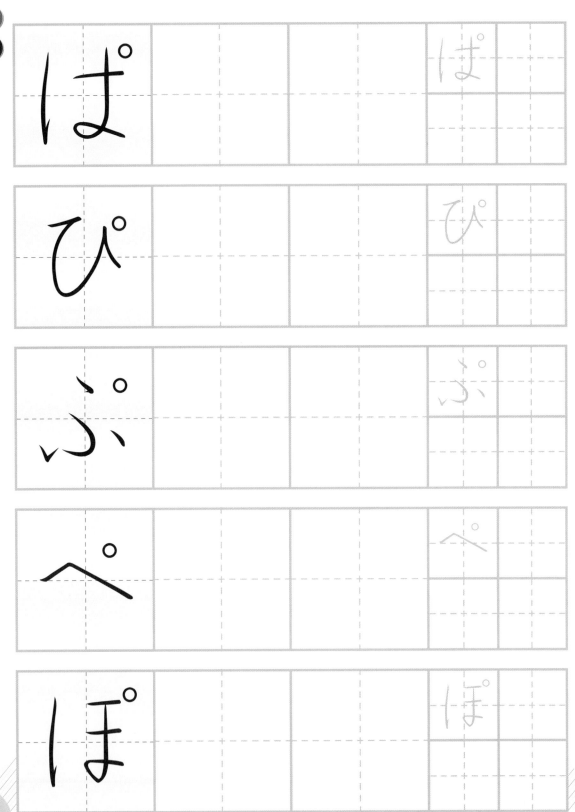

ぱ ぱ

ぴ ぴ

ぶ ぶ

ぺ ぺ

ぽ ぽ

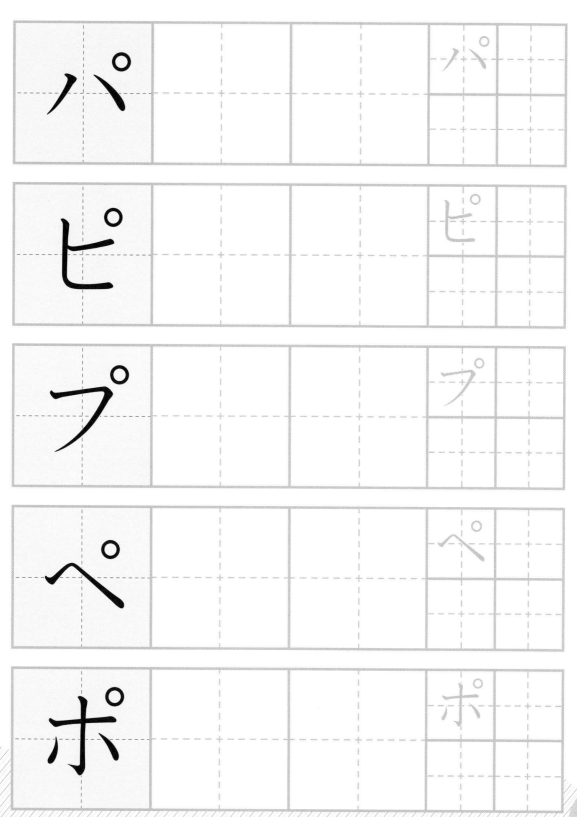

パ

ピ

プ

ペ

ポ

促音

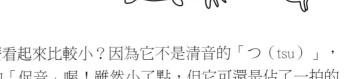

　　下面的「っ、ッ」怎麼看起來比較小？因為它不是清音的「つ（tsu）」，而是要停頓一下，不發音的「促音」喔！雖然小了點，但它可還是佔了一拍的地位呢！書寫時，橫寫要靠左下角，直寫要靠右上角喔！

　　對了，促音只會出現在「か、さ、た、ぱ」行的前面！至於發音呢？就是重複後接的那個假名的字首，方法是在「か」行前面讀「k」；在「さ」行前面讀「s」；在「た」行前面讀「t」；在「ぱ」行前面讀「p」。例如：「きって（ki・tte）郵票」、「がっき（ga・kki）樂器」、「いっぱい（i・ppa・i）很多」、「マッチ（ma・cchi）火柴」。練習寫一下：

い	っ	ぱ	い

き	っ	て

が	っ	き

マ	ッ	チ

拗音

拗音是由「い段」假名和小寫的「ゃ、ゅ、ょ」拼起來的。因為是拼在一起的，所以，發音的時候只佔一拍。

平片假名拗音表

	ゃ	ゅ	ょ
き	きゃ　キャ [kya]	きゅ　キュ [kyu]	きょ　キョ [kyo]
し	しゃ　シャ [sha]	しゅ　シュ [shu]	しょ　ショ [sho]
ち	ちゃ　チャ [cha]	ちゅ　チュ [chu]	ちょ　チョ [cho]
に	にゃ　ニャ [nya]	にゅ　ニュ [nyu]	にょ　ニョ [nyo]
ひ	ひゃ　ヒャ [hya]	ひゅ　ヒュ [hyu]	ひょ　ヒョ [hyo]
み	みゃ　ミャ [mya]	みゅ　ミュ [myu]	みょ　ミョ [myo]
り	りゃ　リャ [rya]	りゅ　リュ [ryu]	りょ　リョ [ryo]
ぎ	ぎゃ　ギャ [gya]	ぎゅ　ギュ [gyu]	ぎょ　ギョ [gyo]
じ	じゃ　ジャ [ja]	じゅ　ジュ [ju]	じょ　ジョ [jo]
び	びゃ　ビャ [bya]	びゅ　ビュ [byu]	びょ　ビョ [byo]
ぴ	ぴゃ　ピャ [pya]	ぴゅ　ピュ [pyu]	ぴょ　ピョ [pyo]

長音

　　發音的時候，把假名母音的部分，也就是「あ、い、う、え、お」拉長唸，就叫做「長音」。50音中，除了撥音「ん」和促音「っ」之外，其他都可以發成長音。片假名的長音符號是「一」。

　　例如：「かあさん（ka・a・sa・n）媽媽」、「ちいさい（chi・i・sa・i）小的」、「スキー（su・ki・i）滑雪」、「ソース（so・o・su）調味醬」。對了，發音時要注意喔！母音有沒有拉長，可是會影響字義的！

か	あ	さ	ん

ち	い	さ	い

ス	キ	ー

ソ	ー	ス

人手一本《假名的練習帖》，
讓你學會假名！

▲ 像神偷一筆一畫模仿練習帖的字形！

　　有漂亮的字形，就要學神偷，一筆一畫模仿下來。請看一筆、
寫一筆，筆筆形狀、位置都要寫得像，才有效喔！

▲ 不看範本寫寫看，哇！超像的！

　　多了幽默的冒險想像，假名的一筆一畫，早就深深印在你腦海
裡啦！試著不看範本，練習寫寫看，最後再比對一下，看看自己寫
的跟字帖上一不一樣。哇！超像的！

照著範本描

□ **撇步→**

拷貝在A4紙
上寫。

跟片假名隔一
天交叉寫。

邊看範本邊寫

□ **撇步→**

每天比較上次
寫的

寫不好的地
方，再回去看
書寫注意事項

照著範本描

□ 撇步→

拷貝在A4紙
上寫。

跟片假名隔一
天交叉寫。

邊看範本邊寫

□ 撇步→

每天比較上次
寫的

寫不好的地
方，再回去看
書寫注意事項

不看範本寫─平假名

不看範本寫─片假名

「假名の練習帖

帶你趣遊假名

囧認真 03
2014年5月　初版一刷
附 假名教學動畫光碟

著者 ● 西村惠子

創意美術 ● 吳欣樺

發行人 ● 林德勝

出版發行 ● 山田社文化事業有限公司

台北市大安區安和路一段112巷17號7樓

電話 02-2755-7622

傳真 02-2700-1887

郵政劃撥 ● 19867160號　大原文化事業有限公司

網路購書 ● 日語英語學習網　http://www. daybooks. com. tw

總經銷 ● 聯合發行股份有限公司

新北市新店區寶橋路235巷6弄6號2樓

電話 02-2917-8022

傳真 02-2915-6275

印刷 ● 上鎰數位科技印刷有限公司

法律顧問 ● 林長振法律事務所　林長振律師

定價 ● 新台幣169元

STS

STS